万葉集成立の謎

中津攸子

コールサック社

はじめに

『万葉集』は我が国最古の歌集で、万葉仮名で書かれています。

「わが国には文字がなかったので、中国から伝えられた漢字を使って、私たちの先祖は、四五〇〇首余りの歌を記録し、後世に伝えたのです」

と教えられ、

「ああそう、日本には文字がなかったので漢字で歌を記録したのね」

と何も考えず、先生の言葉に頷いていました。しかし、学生時代は遠く去って、やっとそれが不思議であることに気付きました。

万葉仮名とは、我が国の言葉を漢字で表現したものです。

もちろん漢語と日本語は違いますから、日本の言葉をどのようにして漢字で表現したのでしょうか。

ついこの間と言える十九世紀にイギリス、フランス、オランダ、イタリア、スペインなどの国々が、多くの植民地を作りました。その時、イギリスの植民地にされた国の人々は、自国語を捨てて英語で話し、英語の文字を書きました。オランダの植民地にされた国の人々は自国語を捨ててオランダ語で話し、オランダ語の文字で書きました。

ついでですが、十九世紀に植民地にされなかった国はアジアでは日本とタイだけでした。日本にあった伊能忠敬の作った精密な地図を見た西欧の人々が、

「こんなに正確な地図が作れるほど進んでいる国は、植民地にせず、貿易相手国にしよう」と考えたのが大きな理由の一つです。

さらに幕府方に高い教養を持ち、世界情勢をよく知っていた人々がいたため、国内戦争を避け、西欧の方々に植民地にされる隙を見せませんでした。そして一般の人々も礼儀正しく文化度が高かったため、西欧の人々が植民地にしようとは思えなかったと言われています。

日本が植民地にされなかったことは当時の人々の素晴らしさであり、受け継いだ歴史の素晴らしさでもあります。

このように十九世紀でも多くの国は植民地にされると自国語を捨てていたのです。

ところが日本では、『万葉集』が編集された奈良時代（七六〇年前後）で、十九世紀の植民地政策より千年も前に、『万葉集』の編集にあたった大伴旅人《おおとものたびと》や大伴家持《やかもち》などは、権力者から唐風文化を強要されたにも関わらず、我が国の言葉を捨てず、権力者の強要する漢字を使って日本の言葉を表記したのです。

これが読みにくさ抜群の万葉仮名です。

なぜこんなことをしたのでしょうか。

万葉仮名は『万葉集』だけに見られる文字です。

『万葉集』に続いて書かれている日本最古の物語、『竹取物語』にしても、また朝廷の肝煎りで編纂された『古事記』や『日本書紀』などの歴史書も万葉仮名は使っていません。漢字、漢文で書いています。『古事記』も漢字で書かれていますが、本文中の歌謡や地名など一音節一字の表記が見られます。

そして、後述しますが、『万葉集』編集後に仮名が考え出され、漢字を訓読《くん》みにして、日本語の表記を完成させたのです。

ところで近年、『万葉集』は一三〇年間の歌を集めたものとの説が浮上しています。『万葉集』最古の磐姫《いわのひめ》の歌と、最も新しい大伴家持の歌とは三五〇年の開きがありますので、『万葉集』には三五〇年間の歌が集められていたと言われて来ました。

しかし誰が考えても三五〇年間もの長い間の数多の歌を集めるには、記録されていなければ不可能です。

ここで『万葉集』を離れて日本の古代の文化程度の片鱗を尋ねてみます。

青森県の三内丸山遺跡から出土した漆器の漆塗りの技術は、世界四大文明発祥地の一つとされている黄河文明で出土した漆器より五〇〇〇年も前のもので、しかも漆を塗った技術は、黄河辺の漆器より高度であると科学的に鑑定されています。このことから東北には古代、世界に誇れる高い文化が確かに存在していたことが分かります。

ところで『万葉集』には東北の歌がほとんど収録されていません。『万葉集』編纂当時、東北は大和政権の支配外の独立国（日高見国《ひたかみのくに》、別名・日の本の国）でした。ですから東北の歌は集められていなかったのです。

大和朝廷では日高見国が六つの地域に分かれていたため「むつ」と国名を付け、文化果てた国のイメージの浮かぶ陸奥の文字を当てました。そして坂上田村麻呂が東北を攻め、都まで連れてきたアテルイやモレを処刑した時に日高見国は滅んだとして東北のすべてを陸奥の国として扱っていました。

とはいえ、日高見国は大和朝廷の支配下ではありませんでしたから、東北は歌所として知られていますが『万葉集』の歌を募集した地域外でした。

ご存じの通り大和朝廷は日高見国へ征夷大将軍を送り続け、東北の地を征服しようと努力しましたが、大和政権の力はわずかに勿来《なこそ》の関から白河の関までを年数をかけて手に入れただけでした。そのわずかな地域を陸奥《むつ》の国としていましたが、やがて朝廷ではアテルイを処刑した時に日高見国は滅んだとして、陸奥の国が東北全域を指しているような錯覚を、都はじめ大和朝廷支配下の全地域に与え続けたのです。（中津攸子著『東北は国のまほろば・日高見国の面影』時事通信社　参照）

このように『万葉集』を紐解くことで、学校で教えられた史実と違う記述に気付き、日本の大和時代や奈良時代の真の姿を知ることができるのです。

なぜなら『万葉集』は、天皇から庶民まで良い歌でさえあれば全国のあらゆる階層の人々の歌を大伴旅人が集め、旅人の子・家持らが編集した歌集です。そこには日本の本当の姿を、事実ありのままを後世に伝えようと努めた形跡が顕著に見られるのです。

例えば、『国記』や『天皇記』のように権力者に焼き捨てしまわれないよう『万葉集』の最初と最後に、また所々に権力者を讃える歌を置くなど、細心の注意を払い涙ぐましい努力をし、歌を通してさりげなく歴史的事実を後世に伝えようとしていたのです。

古代の歴史的事実は分かっていないのでなく、分かっていても権力者の綴った歴史を鵜呑みにして歴史書を書き直していないのです。

事実ありのままに頷くことが、より良い社会を作り出す基本のはずですが……。

『万葉集』の歌を全国のあらゆる人々から集めた大伴旅人、それを編纂した大伴家持は、志を同じにする人々と共に、日本の本当の姿を、事実ありのままを後世に伝えようと、全国から集めた歌を、書けば弾圧され焼かれてしまう可能性のある歴史的事実をさりげなく詠んだ歌を収録することで、後世に伝えようと、苦心の上にも苦心して『万葉集』を編纂していたのです。

ですから『万葉集』の読みようによっては、日本の古代をありのままに知ることができるのです。

しかもそのように読み取ることが、『万葉集』を編纂し残してくれた人々の真心に応えることになると私は思います。

目次

万葉集成立の謎

中津 攸子

第一章　『万葉集』編集の真の意図

●『万葉集』の概要

『万葉集』は日本最古の歌集で約三五〇年間の歌四五〇〇首ほどが集められています。歌の形式と歌の数は、五七五七七の短歌・約四二〇〇首、五七五七…七七の長歌、五七七五七七の旋頭歌《せどうか》、五七五七七七の仏足石歌《ぶっそくせきか》など合わせて三〇〇首ほどです。

歌は口誦しやすい歌謡的なものから、平安時代の和歌に繋がる抒情的な歌まであります。『万葉集』の歌の作者は天皇、貴族、官僚が中心ですが、優れてさえいればどんな低い身分の人の歌も集められています。

しかも庶民で作者名が分かることは世界的に貴重な事例です。

もちろん作者未詳の歌も、女性の歌も多く、『万葉集』の巻十四と巻二十には東国の歌や防人《さきもり》の歌などが集められています。

●『万葉集』の分類

『万葉集』は普通四期に分けられます。

前期　第一期　壬申の乱（六七二）まで
　　　第二期　平城京遷都（七一〇）まで
後期　第三期　七三六年まで（大伴旅人、山辺赤人の活躍した時代。旅人は七三三年没、山辺赤人は生没年不明ながら七三六年作の歌の記載があるため、この年までが第三期。）
　　　第四期　七三七年以降、七五九年まで

各期を代表する歌人を次に挙げます。

前期　第一期　舒明天皇、斉明天皇、天智天皇、中皇命《なかつすめらみこと》、軍王《いくさのおおきみ》、有間皇子、倭大后《やまとおおきさき》、鏡王女《かがみのおおきみ》、額田王《ぬかたのおおきみ》、久米禅師《くめのぜんじ》
　　　第二期　天武天皇、持統天皇、高市黒人《たけちのくろひと》、長意吉麻呂《ながのおきまろ》、大津皇子、大伯皇女《おおくのひめみこ》、志貴皇子、穂積皇子、高市皇子、弓削皇子《ゆげのみこ》、長皇子《ながのみこ》、藤原夫人《ふじわらのぶにん》、石《いし》

川郎女《かわのいらつめ》、志斐嫗《しひのおみな》、舎人《とねり》ら

後期　第三期　大伴旅人、山上憶良《やまのうえのおくら》、山部赤人《やまべのあかひと》、笠金村《かさのかなむら》、高橋虫麻呂《たかはしのむしまろ》、元正天皇、長田王、門部王《かどべのおおきみ》、藤原宇合《うまかい》、石上乙麻呂《いそのかみのおとまろ》、沙弥満誓《さみのまんぜい》、余明軍《よのみょうぐん》

第四期　湯原王、市原王、大伴坂上郎女《さかのうえのいらつめ》、大伴家持、狭野茅上娘子《さののちがみのおとめ》、中臣宅《なかとみのやか》守《もり》、大伴池主《いけぬし》、聖武天皇、孝謙天皇、藤原八束《やつか》、橘諸兄《たちばなのもろえ》、大伴田村《たむらの》大嬢《おおおとめ》、笠女郎《いらつめ》、紀女郎《きのいらつめ》、阿倍継麻呂《あべのつぐまろ》、忌部黒麻呂《いんべのくろまろ》、平群女郎《へぐりのいらつめ》、久米広縄《ひろなわ》、防人ら

前期の歌は皇室に対する賛美の歌や皇族の方々の崩御を悼む挽歌などが並んでいます。要するに『万葉集』は皇室の賛歌から始められています。

後期の歌は、日本の史実を後世に伝えたいと願った大伴旅人や家持を取り巻く人々が、漢字の使用を強要する権力者に従うと見せて、漢字で日本語を表現することで日本語を守ろうと努力し、朝廷の支配の及ぶ全ての地域の人々や防人などの生活を如実に詠んだ歌が集められています。

●『万葉集』最古と最新の歌

『万葉集』最古の歌は、第十六代仁徳天皇の皇后磐姫の、

君が行き日長《け》くなりぬ山たづね迎へか行かむ待ちにか待たむ（巻二―八五）

――天皇の行幸の日数が長くなりました。山をたずねてお迎えに行きましょうか。それともお待ちしていましょうか――

です。仁徳天皇は第十五代応神天皇の皇子で、生まれた年は不明ですが、四三七年に亡くなっていますから、四世紀の終わりから五世紀の方です。

『万葉集』中の最も新しい歌は『万葉集』末尾に掲載されている大伴家持の、

新《あらた》しき年の始めの初春の今日降る雪のいや重《し》け吉事《よごと》（巻二十―四五一六）

――新年はじめの今日、降り積もる雪のように良いことがめでたく重なりますように――

です。この歌は因幡の国庁で郡司らと饗宴を催した天平宝字三（七五九）年の席上で詠ん

だ歌ですから、『万葉集』は磐姫の歌から大伴家持のこの歌まで約三五〇年間の古代の歌約四五〇〇首が集められているとされています。

これが事実なら古代の歌の集大成です。

しかし、今はこの三五〇年説を疑問視する人々がいます。

●『万葉集』の表記と漢字の伝来

大伴旅人や大伴家持らが集めた歌は三五〇年間の歌でなく、一三〇年間ほどの歌で、それ以前の歌は口誦で伝えられたわずかな歌の他は後世の人の偽作であるとする説が現在有力です。

その説の根拠は文字です。

文字がなくて三五〇年間もの歌が伝わるはずがないと言うのです。

漢字は一世紀には我が国に伝えられていました。というのはわが国に「漢倭奴国王」と書いた金印を送ったとの記録が『後漢書』にあるのですが、その記録通りの金印が江戸時代・天明四（一七八四）年に博多湾の志賀島の田の溝から発見され、本物と鑑定されています。

私は現地へ行って二センチ四方ほどの見事な金印を目にしています。

金印には文字が彫られていますから、当時この金印を見た人は、文字を見ています。が、文字が正式に我が国に伝えられたのは、金印が送られてから三〇〇年ほど後の四世紀です。

漢字が正式に伝えられたのは第十五代応神天皇（?～三九四年?で四世紀末）の時です。当時、王仁《わに》博士が漢字や儒教などの学問を伝える教本として『千字文《せんじもん》』を伝えました。これが正式な漢字の伝来です。

『万葉集』最古の歌を詠んだのは、応神天皇の皇子である仁徳天皇の皇后・磐姫ですから磐姫が歌を詠んだ時にはすでに漢字が伝えられていました。

しかし漢字が伝わるや否や、その音を借りて日本語を表記することなど、容易《たやす》くできるものではありません。

日本で漢字の音を借りて日本名を記録した最古のものは『千字文』が伝来してから半世紀ほど後の五世紀の中ごろです。

埼玉県稲荷山古墳から出土した鉄剣に、
獲加多支鹵大王《わかたけるだいおう》
と名が彫《きざ》んであったのです。

さらにこれと同じ文字が書かれていて一部摩滅している鉄剣が熊本県からも出土していますので、当時中央では「わかたける大王」との日本名を漢字の音で表記した鉄剣を何本も造り、支配の及んでいた地方豪族に送ったもようです。

このように四世紀後半に伝えられた漢字を使って中央では名前を表記することが五世紀後半には行われていたことが分かります。

とはいえ、文字もなければ記録する紙もない時代に作られた磐姫の歌をはじめとして多くの歌が、常識的には三〇〇年余りも後の世まで正確に伝わるはずがありません。伝わったことが事実なら、歌謡としてみんなが歌っていたのではないかという説がありますが、伝わった歌謡なら数に限度があるはずです。

ところで、『万葉集』の中の最新の歌は大伴家持の新年を寿ぐ歌で、最古の歌は磐姫の歌と前述しましたが、万葉時代は大伴家持のいた時代から約一三〇年前の舒明天皇の即位(六二九年)までとされています。なぜなら文字が無く伝承で伝えられるのは一三〇年が限度だからです。

文字がなくて三五〇年も前の歌が伝わるはずがありませんので、磐姫の歌をはじめ舒明天皇以前の歌は編集した人々などの偽作とする説が今は定説です。

しかし、この説は当時の事実を知らないために生まれた誤りです。歴史的な事実は違います。

●「『万葉集』は推古朝以後の歌集」説について

大伴旅人や大伴家持が編集した歌は一三〇年間ほどの歌を集めたもので、それ以前の歌は歌謡で伝えられたわずかな歌以外は全て後世の人の偽作との説が現在有力です。

しかし、この説は、日本の正しい古代史を知らないために、権力者に都合良く書かれた歴史を鵜呑みにしたための誤りです。

日本の古代は世界でも飛び抜けて高い文化が花開き、庶民にまで行き渡っていました。「はじめに」に書きましたが、例を挙げれば、世界四大文明発祥地（今は世界のどこでも教えなくなりました）の一つに中国の黄河文明があり、黄河の辺《ほとり》から漆器が出土しています。

青森県の三内丸山遺跡からも漆器が出土しているのですが、この漆器に科学的鑑定をした結果、黄河文明の漆器より、五〇〇〇年古く、しかも技術的に黄河文明の漆器より高度であると認定されているのです。

三内丸山には黄河文明より古く高い文明があったということです。

ということは世界四大文明の中に日本を入れて五大文明とし、しかも日本が最古に近い文明を持っていたことになります。

この原日本人の持っていた高い文化が日本史に書かれていません。

これと同じことが『万葉集』の歌からも察せられるのです。古代の日本では子供でも女性でも、防人に召集された貧しい若人でも、誰もが歌を詠む薫り高い文化が巷の隅々にまで行き渡っていたということです。

●日本語を守った古代の人々

漢字が伝来し、漢字の使用を権力者から強要された旅人や家持らは、日本語を守るため漢字の音を借りて日本語を表現しました。これが万葉仮名です。例えば、

東《ひむがし》の野に炎《かぎろひ》の立つ見えてかへり見すれば月傾《かたぶき》ぬ　（巻一―四八）

柿本人麻呂《かきのもとのひとまろ》の詠んだこの歌は次のように書かれています。

東野炎立処見而反見為者月西渡

読みにくいです。こんなことから間もなく、漢字の一部を取ってカタカナ（伊から「イ」）、漢字を崩してひらがな（以から「い」）を作り出し、さらに中国の山《さん》を日本語では「やま」と言いますから山を「やま」と読ませる訓《くん》読みを考え出し、日本語の表記を完成させました。こうして、やがて平安文学が花開いたのです。

十九世紀にイギリスやオランダなどに征服された多くの国々は、自国語を捨て英語やオランダ語を使っていました。

それに比べて日本の古代人は、生活様式から言語や文字まで唐風にと権力者に強要された時、従うと見せて漢字を使いながら日本語を捨てず、漢字の音を借りて日本語の語尾を表現することにし、ついに日本語の漢字による表記を完成させたのです。

これができたのは、日本の言語が漢字だけでは表現できないほど高度に発達していたからです。要するに日本は世界的に見て驚くべき文化先進国であったということです。

『万葉集』最後の大伴家持の「新しき年の初めの初春の…」の歌は七三六年の作ですからその一三〇年前の六〇六年は三十四代舒明天皇の前の第三十三代推古天皇（五五四〜六二八）の時代です。

当時は名高い聖徳太子が摂政をされ、蘇我馬子が大臣をしていました。そして歴史上絶対の権力者の名称である天皇の称号を大王に代わって使い出した時代です。

天皇とは、天皇星のこと、すなわち北極星です。当時すでに天空のすべての星は北極星を中心に回っていることを知っていたのです。

ですから天皇とは絶対の権力者のことです。

大王よりはるかに強い絶対の権力を持った統治者が誕生した時代の到来です。

『万葉集』は一三〇年間ほどの歌を集めたとの説を取る人々は、推古天皇（聖徳太子の時代）以後の歌は確かに日本の古代の歌であるけれども、それ以前の歌は、伝承されたわずかな歌謡以外は万葉時代の人々の偽作であると言うのです。くり返しますが、この説は間違っています。

第二章　『万葉集』から見える日本古代の姿

●『万葉集』について

俳句で花と言えば桜ですが、『万葉集』で花と言えば梅でした。梅が万葉時代を代表する花だったのです。

天平二年（七三〇）正月、大宰府の大伴旅人の邸で梅花の宴が開かれ、その宴に集まった人々の詠んだ歌を記した序文の中の、

　　初春の令月にして、気淑《よ》く風和《やはら》ぎ……
　　――初春の良き正月で天気も良く風も穏やかで……――

から梅の花のように人々が清楚に明るく安らかに生きて行けますようにとの願いを込めて、二〇一九年五月に現在の年号、「令和」が決められました。

日本民族の宝である『万葉集』は、全国のあらゆる階層の老若男女の歌、約四五〇〇首を集めて二十巻とし、その大部分を大伴旅人の子、家持が編纂しました。

『万葉集』は、万《よろず》（沢山）の言葉を集めたこの歌集が万代（永遠）まで伝わりますようにとの願いを込めて命名された日本最古の歌集です。

前述しましたが、『万葉集』の中の最も新しい歌は大伴家持の天平宝字二（七五八）年の新年を寿ぐ歌、もっとも古い歌は磐姫皇后《いわのひめのおほきさき》が仁徳天皇をお慕いして詠まれた歌で、仁徳天皇は四二七年までの在位とされていますので五世紀前半です。このことから『万葉集』には五世紀初めから八世紀半ばまでの約三五〇年間、すなわち大和朝廷の誕生から古代国家が成立し律令制が揺らぎ出すまでの歌が集められていることが分かります。

●『万葉集』の歌の種類

『万葉集』の歌は大きく相聞歌《そうもんか》、挽歌《ばんか》、雑歌《ぞうか》に分かれます。

相聞とは互いに相手の言葉、相手の心に耳傾けることで愛の歌です。挽歌は死を悼む歌です。人が純粋になれるのは、かけがえのない人が亡くなった時、そして心底人を愛した時です。ですから相聞も挽歌も、人が生まれたままの清浄で穢れのない真心を詠んだ歌と言えます。

雑歌は旅の歌などその他の全ての歌です。

●『万葉集』に東北の歌は四首のみ

『万葉集』は全国から率直で明朗で調べの高い歌を集めた歌集と言われています。しかし青森県、秋田県、岩手県、山形県、宮城県の歌が掲載されていません。

東北地方では、陸奥の国の歌として福島県の歌四首が掲載されているだけです。他に陸奥での黄金の産出を寿ぐ歌や葛城王《かつらぎおう》の歌など東北と関わりのある歌が僅かに掲載されています。

私の住む千葉県市川市の歌が『万葉集』に十一首載っています。千葉県全体でなく狭い市川市だけで十一首です。このことを考えますと東北六県で四首は少なすぎます。

なぜ全国から歌を集めた『万葉集』に東北の歌の掲載がないのでしょうか。

『万葉の旅』上・下（犬養孝・平凡社）には陸奥の部がありません。『万葉のふるさと』（稲垣富夫・

右文書院）には東国の歌として、

安太多良《あだたら》の嶺《ね》に臥す鹿猪《しし》のありつつも吾は至らぬ寝処《ねど》な去りそね（巻十四―三四二八）

――鹿猪がいつも同じ安太多良の峯に寝るように私はいつもあなたのところに行くので寝処を変えないでください――

が一首書かれています。が、この歌は『万葉集』に陸奥の国の歌と書かれています。

●東北は歌所

学生の時、私は『万葉集』に東北の歌が掲載されていないことに気付いて先生に尋ねますと、「東北は文化の遅れていた地域で中央から歌を出せといわれても提出するにふさわしい歌がなかったのだ」と教えられました。しかし後で分かったのですが、東北は古くからの歌所でした。

例えば『枕草子』を書いた清少納言と恋の贈答歌を残している藤原実方《さねかた》が藤原行成《ゆきなり》と口論して行成の冠を笏《しゃく》で打ち据えたのをご覧になっていられた一条天皇（在位九八六～

一〇一二）が咎められ、「歌枕、見て参れ」と東北に左遷しました。歌枕とは古歌に詠まれた名所です。

ということは、東北では古くから歌が詠まれていたということです。ですから、東北に行くことが歌枕を見に行くことだったのです。

西行（一一一八～一一九〇）も歌枕の旅で東北へ行き、

朽ちもせぬその名ばかりをとどめ置きて枯野の薄形見にぞ見る

と詠んで実方を偲びました、

更に江戸時代、俳聖松尾芭蕉（一六四四～一六九四）は実方と西行の旧跡・笠島を訪ねたいと願い、

笠島はいづこさ月のぬかり道

と詠んでいます。

このように東北は古くからの歌所だったのです。

東北では大いに歌が詠まれていたのですが、『万葉集』に東北の歌がないのは、東北では歌が募集されなかったからです。

このことから日本の古代の姿を知ることができます。

『万葉集』に掲載されている歌は大和朝廷の支配下にあった全ての地域から集められた歌です。しかし東北は『万葉集』編纂当時は大和朝廷の支配下に入っていなかったということです。もちろん沖縄や北海道も同じです。

●『万葉集』の歌が分かりやすい理由《わけ》

『万葉集』の歌の言葉は、いわゆる普通の誰もが使っていた日本の言葉ですから千有余年を隔てた今でも読んですぐ分かる歌が多いのです。例えば、

東《ひむがし》の野に炎《かぎろひ》の立つ見えてかへり見すれば月かたぶきぬ　柿本人麻呂（巻一―四八）

広大な風景と夜明けの清涼感。色彩まで読み込んだこの古歌が今の私たちが直接分かるのは、ここに使われている言葉が、古代から今に至るまで使われている日本語だからです。作者の柿本人麻呂は山部赤人と共に歌聖と呼ばれている歌人です。

世の中を何にたとへむ朝びらき漕ぎ去にし船の跡なきがごと

沙弥満誓　（巻三―三五一）

――この世の中を何に例えよう。早朝漕ぎ出した舟の立てた白波が跡形も無いように、全てのものは移ろい消えて行く――

読む人に人生の深奥にあるしみじみとした静けさ、安らぎ、深い摂理、果てしない寂しさを感じさせずにはおかない、世の真実、生の真相、無常の事実を詠んだ歌。今、読む私たちの心に響きます。

この二首のように『万葉集』の中の歌は読んですぐ分かる歌が多いです。

『万葉集』よりずっと現在に近い十一世紀に書かれた源氏物語の詠みにくさをご存知で

しょうか。

「いづれの御時にか、女御、更衣あまた候ひ給ひける中に、いとやんごとなき際にはあらぬが、すぐれて時めき給ふありけり」

など書き出しの言葉は、先の歌より分かりにくいです。なぜなら源氏物語に使われている言葉は、不謹慎ながら、江戸時代の花魁語に近く、宮中用に作られた言葉であって、誰もが普通に使っていた純粋の日本語ではないから読みにくいのだと、私は思います。

ほんの一部を垣間見ただけでも『万葉集』は日本人にとって、この上なく大切な存在で、よくぞ伝えてくれたと、編集に協力した全ての人々に感謝しないではいられない気持ちになります。

第三章　万葉仮名とは何か

●万葉仮名

『万葉集』が編纂された八世紀の日本には文字が無かったため『万葉集』の歌は漢字を借りて日本語の歌を表記しました。それが万葉仮名です。

例えば『万葉集』最後の大伴家持の歌は、万葉仮名で、

新年乃始乃　波都波流能　家布敷流由伎能　伊夜之家餘其騰

と表記されています。読みにくいことおびただしいです。読みは、

新年乃《あらたしきとしの》始乃《はじめの》　波都波流能《はつはるの》　家布敷流由伎能《けふふるゆきの》　伊夜之家餘其騰《いやしけよごと》

です。仮名まじり文にしますと、

新《あら》しき年の始めの初春の今日降る雪のいや重《し》け吉事《よごと》

です。これで、「新年の始めの今日降る雪のように、良いことが重なりますように」との大伴家持の思いが伝わります。

このように漢字の持つ意味を無視して漢字の音だけ拾い上げて読むのは読みにくく、万葉仮名は分かりにくく面倒です。

しかし、万葉仮名は日本人の自負心が作り出したものでした。

漢字伝来当時の日本の人々は、「漢字を使え」との朝廷の命令を受け入れながら、自分たちの言葉を守り抜くことを考え、日本語を漢字で表現する工夫を重ねたのです。『万葉集』を読めばわかりますが、庶民の文化程度は高く、微妙な心の動きさえ表現できる高度に洗練された自分たちの言葉は捨てられませんでした。そのため朝廷の意を汲んで日本語を漢字で書き表わす工夫を続けたのです。

そしてついに漢字の音を日本語化することを考え付きました。

既に書きましたが、中国での山《さん》を日本ではヤマと言いますので山をヤマと読ませる「訓読み」を考え出したのです。漢字を日本語の文字として使ったのです。

そしてついに名詞については訓読みで表現し、助詞、助動詞、接続詞、感動詞、形容詞、動詞、副詞、固有名詞など他の言葉は漢字の音を借りて表現し、漢字で日本語を表記しました。それが万葉仮名です。

●自国語を守った先祖

十五世紀にスペインが新大陸を発見し、十七世紀から十八世紀にかけてオランダ、フランス、イギリス、ポルトガルなどの国々が各地に植民地を作りました。

この当時、例えばある地域がイギリスの植民地にされますと、その地域の人々は自国語を捨て、英語を公用語にし、英語で書いたり話したりしました。英語の使用を強制され、また、英語を使わざるを得ない状況に追い込まれたということもありますが、その方が征服者であるイギリスの人々が喜ぶからということもあったでしょう。

しかし植民地時代より千年も昔の日本人は、権力者から強要された漢語、漢字の使用に盲従せず、歌を表記するにあたって、自国語を捨てず、強制された漢字を使って自分たちの言葉を表現する工夫をしたのです。

それというのも既に高い文化を持っていたため、日本人の誰もが作っていた歌を中国の詩に模して翻訳すること、その翻訳を通して日本語を失うことを忌み、五七調の自国語の歌そのままを漢字を使って表現したのです。これが万葉仮名です。

しかし中央政権の中国崇拝と日本民族の伝統文化否定故、奈良時代には、間違っても和歌が宮中で公然と詠まれることはありませんでした。

宮中で歌が詠まれるようになったのは、藤原氏（実は鹿島神宮の神官で、鹿島神宮の卑近の場所に今も鎌足の邸跡と言われる鎌足神社があります）が宮中で勢力を持った平安時代中期からです。

『万葉集』を編んだ人々は、伝統文化の一つである言葉を、そして古来歌われていた歌を守りました。

先の家持の歌ですが、「新」と「年」と「始」はそのままで後は漢字の音を借りて表記しています。

●音と訓

中央の権力者から漢語や漢字の使用を強制された日本の人々は、自国語を捨てずに、自国語を漢字で表記することを考え出しました。漢字を使うことで権力者に従っているとのポーズをとりながら、自国語を守り抜いたのです。

そこで、前述しましたが、音と訓の二通りの読みが発明されました。

既述しましたように、例えば山は中国読みで「さん」（音読み）ですが、日本語で「やま」と言いますので山を「やま」（訓読み）とも読ませ、自国の言葉を守ったのです。川なら音読みは「せん」、日本語では川「かわ」（訓読み）と言う具合に漢字を日本語の表現に使ったのです。そして助詞や助動詞、接続詞や感嘆詞などの多くは漢字の音を使って表現しました。

しかし漢字の音を使っての日本語の表現は意味がとりにくいです。そのため、やがて伊の偏を使って「イ」、呂の一部を使って「ロ」、以を崩して「い」、呂を崩して「ろ」、とカタカナとひらがなを作り出し、日本語の表記を完成しました。

このことが平安時代に女流文学の花を咲かせたのです。

●歌の集められた長い年月

『万葉集』の最古の歌から、編纂したとされる大伴家持の先述の年の始めの歌まで、ほぼ三五〇年以上の歳月が流れていました。その長い年月に渡る多くの歌を人々はどのようにして誤りなく伝え、それをどのようにして集め、どのようにして完成に至ったのでしょうか。九州の防人や東北や東国の人々の歌、たとえ都に近い国々の歌でも文字のない時に無数というほど沢山の歌をどのようにして集め、『万葉集』を完成させたのでしょうか。『万葉集』には沢山の謎が秘められています。

●先行歌集

『万葉集』成立以前にあったと伝わる、ほぼ七世紀半ばから八世紀はじめに作られた六つの歌集があります。

古歌集《こかしゅう》（持統〔六八六～六九七〕、文武帝〔六九七～七〇二〕の宮廷に伝来した古歌）　七世紀末
柿本《かきのもと》朝臣《のあそみ》人麻呂《ひとまろ》歌集《のかしゅう》　七世紀半ば以降
類聚《るいじゅう》歌林《かりん》（山上憶良の歌集）　八世紀初め
笠《かさ》朝臣《のあそみ》金村《かなむら》歌集《のかしゅう》　八世紀初め

高橋連虫麻呂歌集《たかはしのむらじむしまろのかしゅう》　八世紀初め
田辺福麻呂歌集《たなべのさきまろのかしゅう》　八世紀半ば

柿本人麻呂は山部赤人《やまべのあかひと》と共に『万葉集』の中で歌聖と讃えられている名高い歌人です。柿本人麻呂の周知の歌を一首挙げます。

淡海《あふみ》の海夕波千鳥汝《な》が鳴けば情《こころ》もしのに古《いにしへ》思ほゆ（巻三―二六六）

――淡海の夕暮れ時のおだやかな海を飛ぶ千鳥よ。お前の鳴く声を聞いていると、心惹かれてしみじみと昔のことが思われることだ。――

このように柿本人麻呂の優れた歌が数多く『万葉集』に掲載されています。そして『万葉集』に柿本朝臣人麻呂歌集から転載したとの明記が見られます。しかし、三六〇首余りの歌を伝える柿本人麻呂歌集は今は見られません。が注記に天武天皇九年（六八〇年）とある歌があります。

ということは『万葉集』より先に柿本人麻呂の歌集が存在していたということです。先に挙げた他の先行歌集もすべて『万葉集』成立以前にすでに作られていた歌集です。

『万葉集』は万葉仮名で書かれていますが、『万葉集』に先行する六つの歌集も万葉仮名が考え出され万葉仮名で書かれていたのでしょうか。

万葉仮名以外の文字で書かれていたのでしょうか。

日本民族は文字を持っていなかったと教えられてきましたが、後述しますが、実は古代文字を持っていたことが分かっているのです。古代文字があった以上、古代文字で書かれていたと考えるのが普通です。日本民族の持っていた古代文字が日本正史では消されているのです。

第四章　漢字の伝来と『万葉集』

●漢字の伝来

『魏志倭人伝』によりますと邪馬台国の時代（二世紀後半から三世紀前半）に中国と大和の国の間に使節が往来しています。

使節の往来には外交文書が必要ですから、当時既に漢字を理解し、文書を扱える人が邪馬台国に居たと思われます。

正式な漢字の伝来は四世紀末の第十五代応神天皇の時に、百済から王仁が来朝し『論語』と『千字文』を朝廷に伝えた時です。

また、日本で書かれた最古の漢字は埼玉県の稲荷山古墳から出土した五世紀後半頃の鉄剣に彫られた一一五文字です。その文字の中に固有名詞が書かれていました。当時すでに、日本語を漢字で表現することが行われていたことがわかります。その固有名詞とは、「獲《わ》加多支鹵大王《かたけるだいおう》」です。

さらに熊本県の最古で最大の江田船山古墳からも、

「獲〇〇〇鹵大王」（三文字不明）

と書かれた鉄剣が見つかっていて、埼玉県の稲荷山古墳と同じ大王の名が書かれています。

この二つの剣は朝廷から地方豪族に与えたものと思われますが、この剣の存在から当時大和朝廷は、少なくとも埼玉県から熊本県まで勢力を浸透させていたこと、または平和裡に交流していたことが分かります。

このワカタケル大王は第二十一代雄略天皇（?～四八九?）で、『宋書』の倭国伝にある倭の五王の倭王武であると推定されています。

六世紀になりますと、百済の聖明王が朝廷に仏像と経論と共に大量の漢字を伝えたとされています。

こうして漢字が伝わりますと、朝廷では漢字漢文を公用語として押しつけました。

驚いたことに、この漢字漢文を公用語とすることが近世まで歴史を貫いて行われていました。

●山上憶良の歌

よく知られている山上憶良の歌に、

銀《しろがね》も金《くがね》も玉も何せむに勝《まさ》れる宝子に及《し》かめやも　（巻五―八〇三）

があります。万葉仮名で書きますと、

銀母　金母　玉母　奈爾世武爾　麻佐礼留多可良　古爾斯迦米夜母

――銀も金も玉もどうして秀れた宝だろうか、子に優る宝などないのだから――

です。

子は宝、と父親が詠むのは新思想でした。

なぜなら日本は古来母系制社会で、父親が誰かは問題にされませんでした。

極端に言えば母親が乞食なら父親が貴族でも子は乞食、母親が貴族なら父親が乞食でも子は貴族で、母親の身分が子供の身分でした。

生まれた子は、母親の一族が育て、父親に扶養の義務はありませんでした。

そんな時代に子は宝との中国の父親像を詠んでいる中国帰りの憶良ですから、勉強し万葉仮名で自作の歌を表記していたかも知れません。

他の、今なら国家公務員に当たる人々は自作の歌の殆どを万葉仮名で表記したかも知れません。

●万葉仮名発明以前の歌の表記

『万葉集』には万葉仮名が発明され、やや流布したかも知れない七世紀以前の歌も記録されています。

最古の歌は五世紀前半の磐姫皇后の歌ですから、五世紀、六世紀などの歌はどのようにして旅人や家持の手元に伝えられたのでしょうか。それに東国出身者の多い防人《さきもり》が万葉仮名を学び、マスターしていたとは到底思えません。


父母が頭《かしら》かき撫で幸《さ》くあれていひし言葉《けとば》ぜ忘れかねつる　（巻二十―四三四六）

防人に召集され「元気でいてね」などと言って頭を撫ぜてくれた両親が忘れられない、と詠んでいるうら若い丈部稲麿《はせつかべのいなまろ》が、万葉仮名を駆使することはできなかったのではないでしょうか。防人に召集された幼さの残る子が、今なら外国語にあたる万葉仮名の駆使はできなかったはずです。

第五章　日本原住民の持っていた古代文字

●日本にあった古代文字

古代エジプトのヒエログリフ、メソポタミアの楔形文字、インドのブラーフミー文字、マヤのマヤ文字、中国の甲骨文字、スーダンのメロエ文字など世界には十数種の古代文字が確認されています。しかし日本にも古代文字があったにも関わらず世界の古代文字の中に入っていません。

漢字伝来以後は征服者によって日本民族の古代文字は否定され、使用が許されず、歴史から抹消されたのです。

日本の歴史が庶民史より大和朝廷史に傾いていたため、庶民の持っていた文字の調査など顧みられず、日本人が古代文字を持っていた事実を知っている人はごく僅かです。

日本には少なくとも日高見文字と呼ばれていた文字、また、ホツマツタヱと呼ばれた古代文字などがあったことが分かっています。

大和朝廷成立以前の長い年月の日本各地には古代人が自由に暮らしていました。その頃の全国をまとめて日高見（国）と言っていたと思われます。日高、日田、日高見（北上）など、北海道から九州各地にその地名が残されています。

ですから、全国各地に漢字伝来以前に何種類かの文字がありました。例えば、「日高見文字」です。その一例をあげますと、

いろはにほへとちりぬるを

煙　家　釣　病　起　火　野火

ですから、表意と表音の優れた日本の文字表記の原型がこの日高見文字に見られます。意味を持つ象形文字の漢字と、音を表わす表音文字の両方を持った、世界に類のないどんな微妙な思いも高度な思考も表現可能な文字が既に使用されていたのです。

他に「ホツマツタヱ」は言語学的に整えられ、完成されている高度な文字です。その文字を現在全て読むことができます。古事記、日本書紀より前に日本には古代文字で書かれている歴史書『ホツマツタヱ』（秀真伝）があったのです。

ホツは秀、マは真、ツタヱは伝。で『ホツマツタヱ』は「優れた真の歴史」という意味の歴史書で、そこに書かれている文字も「ホツマツタヱ」と呼んでいます。

「ホツマツタヱ」は『古事記』『日本書紀』成立以前の書物で現存しています。ＩＴ時代の今、古代文字の存在など、分かっていることが公然と認められないのはおかしくないでしょうか。


白村江で日本と百済の連合軍と唐と新羅の連合軍とが海戦し、日本側が負け、百済は六六〇年に滅亡しました。

この敗戦の時、朝廷内で強烈な伝統否定の動きが起こり、日本の高い文化が否定されたのです。伝統文化否定の動きの中で、日本古来の古代文字を使うことは許されず、焼かれるなどして地上から消されてしまったのです。

しかし自国の古代文字をひそかに後世に伝えようと努めた心ある人々の涙ぐましい努力

があったのです。

『万葉集』の万葉仮名は日本語の表記に苦心しつつ日本語を守り、日本の真の歴史を後世に伝えようとした人々の努力の結晶でした。漢字漢文を使えと命じる中央の権力者をたたえる歌を散りばめながら、さりげなく歴史的事実、中央権力によって滅ぼされた人々、動員され生涯を棒に振ったに等しい防人の悲しみなどの歴史的事実を、それとなく歌を詠むことを通して後世に伝えてくれたのです。

これまでは『万葉集』の丈夫《ますらお》ぶり、明朗、率直など文芸としての特徴が重視されてきました。もちろんそれも大切なことですが、『万葉集』成立の背後に、古代の心ある人々が涙ぐましいほどの努力を重ね、歴史的事実を後世に伝えよう、高い文化を持っていた原日本人の誇りを伝えようとしていたことも忘れてはならないと私は思います。

改めて日本に高い文化が花開いていたこと、日本の真の歴史を伝えようと努めた古代人の思いを、そしてすべての日本人の宝である高い文化のありようを、一人でも多くの人と共に尋ね、知り、大切にしてゆきたいと願います。

●『万葉集』の謎

『万葉集』に掲載されている最古の歌は五世紀前半の仁徳天皇の皇后磐姫の歌、

君が行き日《け》長くなりぬ山たづね迎へか行かむ待ちにか待たむ

で、もっとも新しい歌は『万葉集』を編纂したとされている八世紀後半の大伴家持の歌、

新《あらた》しき年の始めの初春の今日降る雪のいや重《し》け吉事《よごと》

で、磐姫から大伴家持までおよそ三五〇年です。

三五〇年と一言で言うとそれほど長く感じませんが、三五〇年とは織田信長が将軍足利義昭を追放して室町時代が終ってから戦国時代があり、江戸時代が約二五〇年あり、半世紀に迫ろうとする明治時代を通り越してほぼ大正時代の関東大震災までの長い年月です。

そんな長い期間の四五〇〇首もの膨大な数の歌を、福島県以外の東北や北海道の地域や沖縄を除く全国から一体どのようにして家持は集めたのでしょうか。

●日本固有の古代文字

漢字が伝わり、万葉仮名で日本語が表記できるようになっても、乞食のような食べて行くのがやっとの人や防人として招集され、都から遠い筑紫・壱岐・対馬など北九州まで連

れて行かれたうら若い少年が、万葉仮名をマスターしていたとは到底考えられません。が、『万葉集』に幼さの残る防人の歌が掲載されています。

大伴家持の偽作説もありますが、数の多さから到底全ての偽作は無理です。三五〇年間もの長い期間の万葉の歌を、広すぎる地域からどのようにして集めたのでしょうか。

この謎は、「ホツマツタヱ」や「日高見文字」など日本語の表記にふさわしい文字を私たちの先祖が持っていたと分かれば氷解します。

●椨《たら》の葉に書いた文字

もちろん紙は貴重で誰もが使えませんでした。ですから古代から人々は、椨の葉に細い枝先で文字を書くと黒く浮き上がり、何年でも保存できることを知っていて椨の葉など固い木の葉に書いていたのです。

明治期に郵便制度を作った前島密は椨の葉に文字を書くことから葉書を思いついたそうです。

それはとにかく、古代の人々は木の葉を使って文字を書き、それが家持の許《もと》に集められたのです。しかし中央権力者から日本固有の文字は否定され、漢字を強要されていましたので、大伴家持など編集に当たった人々は集められた古代文字で書かれている歌を読みにくい万葉仮名に直して、『万葉集』を成立させていたのです。文字を書いた木の葉が集められ、それを万葉仮名に直し、木の葉は権力者の希望通り燃やされたものと思われます。

要するに日本民族の持っていた固有の文字も、言葉も、権力者から否定されたのですが、私たちの先祖は固有の言葉を決して捨てず、工夫して漢字による表記を可能にするだけの高い能力を駆使し、日本固有の言葉を守りぬいたのです。

私たちの先祖は高い文化を持っていたのです。

●五七のリズム

『万葉集』に歌われているのは短歌（五七五七七）、長歌（五七五七……七七）、旋頭歌（五七七五七七）、仏足石歌（五七五七七七）など全て五七調の歌です。

この五七音の表現は日本固有のリズムです。

遠い昔から口承で歌われていた歌の多くは五七調のもので民謡的な歌が多く見られますが、少なくとも『万葉集』の中に記名のある古歌は記録されていた可能性が高いのです。

「ちょっと待て、どこかで親が泣いている」とか、「鳴くよ鶯平安京」で平安時代は七九四年からなどと、五七調で表現すると、覚えやすいのは五七調のリズムが理屈なしに身についているからです。

そして記録されていた代表的な文字が日高見文字であり、五七調で書かれているホツマツタヱであったのです。ホツマツタヱなどでずらずら書きますと読みにくく、意味もとりにくいですから、五七調の言葉を基本としますと読みやすく、意味もすぐ分かります。こうして、遠い古代から五七調のリズムが私たちの体に沁み込んでいて覚えやすいのです。

●ホツマツタヱの表記

ホツマツタヱは一字一音で母音要素と子音要素を組み合わせて作られた四十八文字があります。この文字はａｉｕｅｏの母音を並べ、ｋｓｔｎｈｍｙｒｗとの子音とを組み合わせたローマ字と全く同じ構造です。

（ホツマ四十八音図）

（ローマ字表）

a	i	u	e	o
ka	ki	ku	ke	ko

（五十音図）

ア	イ	ウ	エ	オ
カ	キ	ク	ケ	コ

wa	ra	ya	ma	ha	na	ta	sa
	ri	yi	mi	hi	ni	ti	si
n	ru	yu	mu	hu	nu	tu	su
	re	ye	me	he	ne	te	se
wo	ro	yo	mo	ho	no	to	so

ワ	ラ	ヤ	マ	ハ	ナ	タ	サ
ヰ	リ	イ	ミ	ヒ	ニ	チ	シ
ウ	ル	ユ	ム	フ	ヌ	ツ	ス
ヱ	レ	エ	メ	ヘ	ネ	テ	セ
ヲ	ロ	ヨ	モ	ホ	ノ	ト	ソ

しかし、ホツマツタヱはこの四十八文字だけでなく、数字や名詞に相当する文字など世界に類のない表意文字と表音文字を組み合わせて一九七文字あります。

●ホツマツタヱの意味

繰り返しますが、ホツマツタヱの「ホツマ」とは普通「秀真」と書かれています。秀れている、そして、真実であるとの意です。また「ツタヱ」は「伝え」で今と同じ伝えるの意です。「伝え」とは歴史です。ですから「ホツマツタヱ」は「真の正しい歴史」、言いかえれば「正史」です。

●ホツマツタヱの発見と信憑性

「ホツマツタヱ」は一九六六（昭和四十一）年に愛媛県宇和島の小笠原家に所蔵されていたものが発見され、次第に注目されてはいますが、まだ周知されていません。

江戸時代に国学が起こった勢いに便乗してか、安永八（一七七九）年と九年にホツマツタヱの版木「春日山記」が出版されているそうです。

売れるとは思えない分厚いホツマツタヱを、版木に刻み、出版するなど大変な努力です。多分、貧しさに耐え、一生をこのことに捧げた人がいたのでしょう。

どのように伝えられたのか詳細は不明ですが、「ホツマツタヱ」は後世に伝えられました。

この版木と同じものかどうかは分かりませんが、現在富士浅間神社や、滋賀県安曇川町の日枝神社の神輿蔵に漢訳付きの『秀真政伝記』が保存されているそうです。また福島県の古い温泉宿から大量の「ホツマ伝」が発見されたと報じられたまま影を潜めているとのことですが、日本各地にひそかにホツマツタヱの香りが残っているのかも知れません。

もちろん「ホツマツタヱ」を認めない人もいますが、確かに『古事記』、『日本書紀』の原典であることが、読んで両書を比べれば分かるそうです。

●古事記の成立

『古事記』について、梅原猛氏は「祖母（持統天皇）から孫（軽皇子）への皇位継承を正当化するために書かれた」と言っていますが、『古事記』には日本固有の言葉が多く、他の古典に比べますと、一読して意味が分かりやすい文体です。

『古事記』は稗田阿礼《ひえだのあれ》が暗記していたものを太安万侶《おおのやすまろ》が筆記したとされていますが、稗田阿礼の「ひえだ」は「ひた」と読めます。「ひた」「ひたか」は日高見のことですから稗田阿礼は日本固有の日高見文字、またはホツマツタヱで書かれていた字が読め、稗田阿礼が読むのを聞いて太安麻呂が漢字に書き改め、さらに藤原氏など朝廷の高官の目が入って、朝廷に都合の良い『古事記』が完成したのではないでしょうか。

●発掘された銅鐸の数

平成八（一九九六）年と九年にかけて島根県出雲の谷間に農道を作ろうとして土を掘っ

ていた時、突然重機がバリバリッと異様な音を立てたため、すぐに重機を止めてみますと、何と銅鐸が埋まっていたのです。

幸いなことに銅鐸埋納坑は無傷で平成八（一九九六）年から九年にかけて発掘調査され、三十九個もの銅鐸が出土して世間を騒がせました。

その銅鐸発見場所が岩倉遺跡で、平成十一年に国の史跡に指定されています。

ところが、なんと、「ホツマツタヱ」に銅鐸とは書いていないものの、別の銘のものを三十九個埋めたと書いてあるのです。

私には分かりませんが、数が合っているところに心ひかれます。

このように『万葉集』の歌がどのようにして集められ、記録されたかとの疑問を持ったことから、日本語の表記に適した古代文字を日本人が持っていたという発見ができました。古代の人々は当たり前のように、日常、何かにつけては歌を詠み、楤の葉などに書いていたと思われるのです。

第六章　『天皇記』『国記』と日本固有の文字「ホツマツタヱ」

●『万葉集』最古の歌の文字

既述しましたが、『万葉集』の最古の歌は五世紀前半の第十六代仁徳天皇（？～四二七？）の皇后磐姫の歌です。

仁徳天皇の父は、第十五代応神天皇（？～三九四？）で、応神天皇の時に王仁が『論語』と『千字文』を伝え、漢字が伝来しました。

ということは磐姫が歌を詠んだ時、既に漢字は伝えられていました。しかし漢字が伝わるや否や、漢字の意味を無視して音だけ借り、日本語を表記する万葉仮名を編み出し実際に用いられたとは考えられません。

埼玉県の稲荷山古墳から出土した鉄剣に「獲加多支鹵《わかたける》大王」（第二十一代雄略天皇・？～四八九？）と彫られていました。この大王の名前は漢字の意味を無視し、音だけ借りて日本語を表記した最古のもので、万葉仮名の初見です。そしてこの鉄剣に文字が彫られたのは磐姫の時代から六、七十年も後のことです。

このことから考えて磐姫の歌が、万葉仮名で書かれていたはずがなく、古代文字で書かれていたものを後に万葉仮名に書き改めた可能性が大です。

宮中では漢字が伝来して以来、公けでは漢字漢文が使われていました。が、私的には、宮中の人と言えども当分の間は古代文字を使い続けていたのではないでしょうか。

●日本最古の『天皇記』『国記』

ところで蘇我馬子と聖徳太子が編纂し蘇我馬子の自宅に保有されていた六世紀末の日本最古の書『天皇記』と『国記』は、惜しいことに六四五年の大化の改新の時、蘇我馬子が自宅に火を放って焼いてしまいました。〝『国記』は火中から船史《ふなのふひと》恵尺《えさか》が救い出して中大兄皇子に献上した〟と『日本書紀』に書かれています。しかし、『国記』は後世に伝わっていません。

聖徳太子は十七条の憲法を漢文で書いていますが、聖徳太子よりほぼ百年前に編纂された『天皇記』や『国記』は漢文で書かれていないかも知れません。

どのような文字で表記されていたかは確認できませんが、『天皇記』や『国記』には、意図的に皇室有利の表記を心掛けて新たに書かれた『古事記』や『日本書紀』と内容の違う所があったため、せっかく救い出された『国記』も焼かれるなど地上から消されてしまったのではないでしょうか。

ということは『古事記』や『日本書紀』の編纂時に、歴史の思い切った改ざんが行われた可能性があるということです。

『国記』が後世に残っては、『古事記』や『日本書紀』との内容の違いがはっきりし、歴史の改ざんが明るみに出てしまうことを恐れ、跡形もなく消し去られたと考えられるのです。

●昭和四十一年発見の「ホツマツタヱ」

「ホツマツタヱ」は松本善之助が昭和四十一年に神田の古本屋で図案のように見える奇妙な文字の本『写本秀真伝』を偶然見つけて買い求め、ねばり強く研究を重ねたことから蘇りました。

『日本書紀』の中でイザナギノミコトが我が国のことを「秀真《ほつま》の国」と呼んでいますから「秀真」は〝我が国〟のことです。「ツタヱ」は〝伝え〟で歴史のことですから「ホツマツタヱ」は「国史」であり、秀真を真実と取れば「真の伝え」で「正史」のことです。

松本善之助が求めた本『写本秀真伝』には「ホツマツタヱ」と仮名がふってあり、近江国高島郡産所村の三尾神社の神宝と書かれていました。

●「ホツマツタヱ」の著者

「ホツマツタヱ」は四十アヤから成っています。アヤとは巻のことで、神武天皇から書き起こされ、四十巻あって、前半と後半に分かれています。

一アヤ～二十八アヤ………クシミカタマノ命の著述
二十九アヤ～四十アヤ……オホタタネコノ命の著述

でオホタタネコノ命は、クシミカタマノ命の著述と共に一アヤから四十アヤまでの全てを景行天皇（生没年不明・第十二代の天皇）に献上しました。

景行天皇は日本武尊を日本各地に派遣して天皇の統治範囲の拡大に努めた三世紀末から四世紀半ばの天皇です。

そして「ホツマツタヱ」の後半部分を書いたオホタタネコを祀っている神社が、太田神社で、上賀茂神社の境内外摂社であり、カキツバタの名所として周知されています。オホタタネコは太田田根子命、古事記には意富多多泥古命と表記され、三輪氏の祖とされています。

●天保十四年に出版された「ホツマツタヱ」

時代は下がって左京二条坐《います》神社の宮司、小笠原通当《みちまさ》が近江国高島郡産所村へ行った時、古老から、「村に非常に古い文書がある」と聞かされて見せてもらいますと、古代文字で書かれた古文書でした。

小笠原通当は、「調べさせてほしい」と熱心に頼み、古文書を借りて京に持ち帰り、苦心の末に解読して、天保十四（一八四三）年に『神代巻秀真政伝』十巻を出版しました。しかしさして反響もなく通当は亡くなってしまいました。

小笠原通当の意志を継いだ甥の小笠原長弘は、叔父と同じく生涯「ホツマツタヱ」を研究し、叔父が借りて来た三尾神社の神宝「ホツマツタヱ」の全てを筆写して原典を三尾神社に返し、写しを郷里の宇和島に家宝として伝えました。

●千数百年経た「ホツマツタヱ」

「ホツマツタヱ」は、日本武尊《やまとたけるのみこと》を全国に派遣し、天皇家の全国支配を確立した三世紀末から四世紀前半の景行天皇の時代の成立ですから、今から千数百年余り前に書きあげられ、景行天皇に献上されました。

景行天皇は熊襲や蝦夷をはじめ、朝廷に帰順しない全国の首長や族長を平定しようとされ実践された方で、その夢は景行天皇の子の日本武尊により成し遂げられました。

この景行天皇に献上された「ホツマツタヱ」が、いつの日か近江の三尾神社に移され、以来、神社の神宝として無事に保管されていたのです。

●「ホツマツタヱ」を宮中に奉呈

宇和島に伝えられた小笠原家の家宝「ホツマツタヱ」と、安永八（一七七九）年に「ホツマツタヱ」を漢訳し、『日本書紀』との異同を問答体で書いた和仁估安聰《わにこやすとし》の『生洲問答』とを、「明治の良き時代になったから」と小笠原長弘と正木昇之助（宮城公訴院検事）とで宮中に奉呈しました。

●松本善之助の研究

松本善之助が神田の古本屋で昭和四十一年に発見した『写本秀真政伝』の研究を生涯続け、小笠原長武の記録や写本、さらに「ホツマツタヱ」の全文を小笠原長種宅で発見し、『ほつまつたゑ』上下巻を出版した鏑邦夫等同志と共に研鑽を重ね「ホツマツタヱ」に光を当てました。今では「ホツマツタヱ」についての出版も多く「ホツマツタヱ」を知ろうとする人の存在は確実に急増しています。

第七章　『万葉集』を編集した大伴旅人と家持の真意

●『万葉集』の構成

『万葉集』は二十巻から成っていますが、第一巻の始めの歌は、埼玉県の稲荷山古墳にその名を刻まれていた第二十一代雄略天皇の、

籠《こ》もよみ籠持ち掘串《ふくし》もよ　み掘串持ち　この丘に菜摘ます子……我こそは告《の》らめ家をも名をも

と菜を摘む女子に呼び掛けるほのぼのとした長歌です。

そして『万葉集』第二十巻の最後の歌は、

新《あら》しき年の始めの初春の今日降る雪のいや重《し》け吉事《よごと》（巻二十―四五一六）

で良いことが重なりますようにとの天皇統治の世を寿ぐ大伴家持の短歌です。『万葉集』は天皇家を寿ぐ歌を最初と最後に配置し、その間にさりげなく庶民の実際を知ることのできる歌を巧みに挟み込んでいる歌集です。

●全国の凡ゆる身分の人の歌を集める

『万葉集』以後の歌集は勅撰集で、天皇、貴族、僧侶等社会の上層部の人の歌が集められています。が、『万葉集』は朝廷の支配している全域から、三五〇年間の全ての身分の人の歌が四五〇〇首程集められています。

このことは古くから日本全域の人々が日常的に歌を詠んでいた証です。ところでなぜ『万葉集』は、後世の多くの歌集と異なり、あらゆる身分の人の歌を集める、といった特徴を持っているのでしょうか。

『万葉集』の歌を集めた大伴旅人、そして『万葉集』を編纂した大伴家持を家長とする大伴家は、古代から天皇家の軍事を司る大豪族でした。五・六世紀には代々、大連《おおむらじ》の役に付くなど常に中央政府の中枢に君臨していました。

しかし大和朝廷の全国制覇がほぼ終わり、武力がさして重要でなくなって来ますと、物部氏や蘇我氏が台頭し、大伴氏は次第に隅に追いやられて行き、ついに家長の大伴旅人が大陸との接点の重要な地とはいえ、中央の政権から離れた大宰府に派遣されました。完全に左遷です。

しかも旅人の子、大伴家持も越中（富山）の地方長官に任命されるなど、中央で勢力を持っていたかつての勢いを完全に失っていました。

そこで大伴旅人、その子家持は大伴家の先祖の輝きはもちろん、わが国の本当の歴史を後世に伝えたいと考えたのではないでしょうか。

しかし事実をありのままに書いては『天皇記』や『国記』のように跡形もなく焼かれるなど消されてしまいます。

そこで決して焼かれてしまわないあり方を考えに考え、真の歴史を後世に伝えるには歌を集めることだと思いついたのではないでしょうか。

歌の語源は〝訴う〟で人の真心や心情を相手に伝えることとの説があります。歌には人の真実の思いが詠まれているものが多いのです。ですからより多くの歌を集めれば、今の、そして今までの世の姿をありのままに後世に伝えることができると旅人は考えたのだと思われます。

その志を継いだ家持も歌を集め、編集することに全力を注ぎ、さらに歌の表記を朝廷の否定する古代文字、ホツマツタヱでなく、朝廷の薦める漢字で表記したのです。

漢字の音で日本語を表わす万葉仮名を完全なまでに編み出し、表記して『万葉集』を編纂し完成させました。

後世に真の歴史を伝えるため、中央政権の喜ぶ漢字を使って歌を書き残す涙ぐましい努力をしたのです。

●庶民の愛した梅

『万葉集』巻五の大宰帥《だざいのそつ》・大伴旅人が邸に三十四人の人々を招き、梅花の宴を催した時の各人の歌を集めた序文「…初春の令月にして気淑《よ》く風和らぎ…」にちなみ、二〇一九年の五月から年号が令和に改められました。

この梅花の宴を催した当時、宮中では梅は珍しい花でした。こんな話が記録されています。

『万葉集』成立より三〇〇年後の十一世紀に奥州に内乱があり、軍勢を引き連れて介入し

た源義家が勝利した後三年の役で、捕えられ都へ連行されて来た安倍宗任《あべのむねとう》に大宮人が梅の花を見せ、

「この花の名を知るまい」

と得意げに言ったところ、

我が国の梅の花とは見たれども大宮人は何といふらむ

と即座に詠んだというのです。大宮人は大いに驚きました。たいした文化もない東北の武将がこの花も知るはずがない。大いにその無知を笑ってやろうとしたにもかかわらず、安倍宗任が梅の花を知っていて、しかも即座に歌を詠んだのですから。

宮中の人々には珍しかった梅は、日本国中どこにでも咲いていたのです。ですから今、俳句で花と言えば桜ですが、『万葉集』で花と言えば梅でした。

この梅の花のことだけ考えても、当時の宮中が庶民とかけ離れた存在であったことが分かります。

そして、朝廷にまだ征服されていなかった東北も含めて全国の庶民の文化程度は高く、

武将でも誰でも日常的に歌を詠んでいたことが分かります。

和歌が、庶民の文化であり、五七調が日本人の血肉となっている基本的なリズムであることが分かります。

旅人は、宮中では漢詩がもてはやされていた時代に、梅花の宴を開き、各自が歌を詠んだ宴の席上で、古今東西の歌を集めたいので協力してほしいと呼びかけたと思われます。できる限り多くの歌を全国から集める努力をし、

「古代から現代までの全国の歌を集めたいので協力を」

と中央から派遣された官吏である越前守《かみ》、豊後守、筑後守、壱岐守、筑前守、大隅目《さかん》、筑前目、壱岐目、対馬目、薩摩目ほか、当時の全国の官吏にできる限り呼びかけたと思われます。こうして、集められる限りの歌を集め、古代文字で書かれている歌の全てを、旅人の遺志を継いだ大伴家持らが万葉仮名に直し、秀れた歌を選び、時代や地域、内容によって分類するなど、真の歴史伝達のため多くの人々の協力を得、『万葉集』の編集に生涯をささげたのです。

第八章　『万葉集』編集に尽くした人々

●大伴旅人と山上憶良の交流

武力で朝廷に仕える家に生まれた大伴旅人は、養老四（七二〇）年に征隼人持節大将軍《せいはやとじせつ》として南九州へ行き、隼人を征伐しています。神亀四（七二七）年には対馬を含む九州北方・筑前、筑後の行政の長である大宰帥として筑紫へ下り、そこで筑前守（福岡県北西部の長）である五歳年上の山上憶良に逢いました。

憶良は苦学して遣唐使に選ばれ、五年間唐で学んで帰京し、東宮侍講《とうぐうじこう》（皇太子・後の聖武天皇の教育担当）などを経て、筑前守に任命されて九州に来ていました。二人は気が合い親交を重ねました。ある日、旅人は憶良に、

「日本歴史の事実が消され、歪められたり、事実を伝えていないものが正史とされている。残念でならない。放置しておいて良いはずがない。歴史の事実が分かっている今のうちに、何とかしなければ史実は消されたままで後世に伝わらない」

と話しました。

――真の歴史を後世に伝えたい――

との旅人の説に、憶良は心から共鳴し触発されました。そのため、当時の人々の税が重く苦しい生活を強いられているありのままを長歌に詠みました。その反歌（反歌は長歌の大要）、

世間《よのなか》を憂しとやさしと思へども飛び立ちかねつ鳥にしあらねば　（巻五―八九三）

――世の中を辛い、身が細るようだと思っても、飛び去ってしまうことができない。鳥ではないから――

当時は、父親に子を養育する義務はなく、子は、母親の一族が大切に育てましたので、父親が子を思うことなど無いと言ってよい状態でした。しかし憶良は子を愛すのは父親として当然と、

銀《しろがね》も金《くがね》も玉も何せむに勝れる宝子に及《し》かめやも　（巻五―八〇三）

――銀も金も玉も子という素晴らしい宝に及ぶことはない――

と新思想の歌を詠みました。この歌を万葉仮名で書きますと、

銀母金母玉母　奈爾世武爾　麻佐禮留多可良　古爾斯迦米夜母

このように憶良も旅人も、それぞれ人々の生活そのままの姿を歌に詠みながら、寸暇を惜しんで古今東西の歌を集め、史実を後世に伝えようと工夫し、努力し、実践していました。もちろん旅人は、迫害されない歌の形で史実を残す、との大いなる目的達成のための財の流出は意に介さなかったはずです。

●『万葉集』の編集協力者

八世紀初頭に全国津々浦々から身分を問わず、古今の歌を集めようと努めた旅人でしたが、交通も通信も今とはまるで違っていたのですから大変な努力が必要だったはずです。

旅人は全国から歌を集めたいとの願いを大宰府に下る前に、または大宰府についてからかも知れませんが、朝廷に申し出て許可を得ていたはずです。旅人の歌を集めたいとの趣

味に対し、朝廷では、

――歌を集めるとは酔狂な。勝手にやれば。中央の政治から身を引いた旅人が、大宰府に下って何をしようとご随意に――

くらいの無視に近い同意だったかも知れません。当時の朝廷では漢詩漢文が正式文書で、和歌などの自国の文化を恥じる傾向が強かったのです。

それは明治維新当時にも見られました。相当数の人々が自国の文化を西欧の文化より低いと見て否定し、欧化することが文化が向上することとばかり、廃仏毀釈運動を起こしたり、学校教育の現場から邦楽や邦画、日本の古典や芸能など伝統的なものを否定し追放しました。

白村江の戦い（六六三年）で日本と百済の連合軍が、唐と新羅の連合軍と戦って敗れ、百済が滅亡した時も自国の文化の否定が公然と行われました。

白村江の戦いに敗れた時、中大兄皇子は唐と新羅の連合軍が我が国に攻め込んで来ると考え、都を港から遠い近江に移し、自国の文化を否定し、唐の文化を積極的に吸収しました。

そのような文化施策の中で日本の古代文字は否定され、漢詩漢文すなわち漢字のみが宮中では正式な文字として使われたのです。

既述の『国記』はこの時に焼かれたのかも知れません。また四十アヤ（章）から成る『ホツマツタヱ』（わが国固有の優れた古代文字で書かれた歴史書）が、密かに宮中から運び出され近江の三尾神社に深く秘蔵されたのはこの頃であったかと思われます。

こんな状況でしたから、中国の漢詩文に比べ、和歌は一段低いと見下されていました。その歌を旅人が全国から集めていると分かっても朝廷は何の批判もせず、協力もせず、中央から追われた老人が、時代遅れのことをしていると笑って見ていたのでしょう。

皇室と並ぶほどの旧家の主であった大伴旅人の要望に応じ、旅人のもとまで、地域の歌を集めて送ってくれた全国の人々の行為と労力に応えて、相応のお礼ができる財力を旅人は持っていたはずです。

とはいえ、地方行政の長であるだけでも忙しい旅人一人では絶対に『万葉集』の歌を、朝廷の力の及んでいる全地域から集め、整理することなどできません。多くの協力者がいてはじめてできたことです。

『万葉集』に掲載されている歌は約四五〇〇首ですが、集められた歌の中には、稚拙過ぎて掲載不能の歌もあり、古代文字の書かれている木の葉が傷ついたり、千切れたりして読めないものもあるなど、種々不具合があったはずですから、集められた歌は四五〇〇首をはるかに超えていたことでしょう。

沢山の歌を集めることも大変なら、集まった木の葉や、まれには紙片などに書かれている文字を万葉仮名に直して清書することも大変でした。

その上、集めた歌を取捨選択し、時代順にまた地域別に等と分類したのですから、気の遠くなるような大変な作業を続けたのです。大伴旅人は全財産を使い、持てる智慧や豊かな人間関係を総動員して、日本民族の本当の歴史的事実を、日本の文化の驚くべき高さを、歌を集めることで後世に伝えようとしたのです。

こうして、旅人を中心に、志を同じくする方々が、日本の本当の姿を何としても後世に伝えたいとの共通の強い願いをもって困難に立ち向かっていたのです。

文化は極貧や戦争最中では育ちません。ですから『万葉集』編集の協力者は、旅人と親しく交流していた生活にゆとりのある官人たちが中心であったと思われます。

●梅花の宴

そこで思い出すのが、既述しました令和の年号の基になった旅人の邸での梅花の宴で歌を詠んだ三十二人です。

『万葉集』巻五に書かれているその三十二人の人々は、九州の各地に散在する守《かみ》（長官）、介《すけ》（次官）、掾《じょう》（裁判官）、目《さかん》（事務官）などの官吏や地域の有力者たちでした。『万葉集』には三十二人それぞれの歌、一首ずつが記録され、各自の官職などが記載されていますが、その中に旅人も憶良も入っています。

旅人に招待され、梅花を愛でて歌を詠んだこの三十二人は、官吏として、また専門家としての仕事をこなしながら、全国津々浦々から古今の歌を集めたい、との旅人に共鳴し、協力して歌を集め、集めた歌を整理した人々だったのではないでしょうか。いうなれば『万葉集』の編集協力者です。

この宴に参加した三十二人の一人一人が一首ずつ歌を詠んで三十二首が掲載されている後に、六首が追記されています。

その六首の初めの旅人の歌、

わが盛りいたく降《くた》ちぬ雲に飛ぶ薬はむともまた変若《を》ちめやも　（巻五—八四七）

——私の盛りの時は過ぎ、衰えてしまった。たとえ雲に飛ぶという薬を飲んでも若返ることはないだろう——

と老いを悲しんでいる旅人は、

――全国から何とか歌を集める算段は付けたものの、歌を整理し、集大成するだけの余命が自分にはない。もう若返れない――

と、老いを実感し、人生の余りの短さを悲しむ歌を追記しています。次の一首は憶良の歌ではないかと私は思います。

雲に飛ぶ薬はむよは都見ばいやしき吾《あ》が身また変若《を》ちぬべし　（巻五―八四八）

――天を飛べるという薬を飲むより、奈良の都を一目でも見れば卑しい私も若返れるだろう――

憶良は薬を飲むことより、懐かしい奈良を一目でも見ることの方が若返られると望郷の念を詠んでいます。

そして、さらに坂上郎女《いらつめ》等四人の女性の梅を詠んだ歌が書き添えられています。この四人の女性も旅人の歌集めに協力していたのではないでしょうか。

要するに全国津々浦々から歌を集めることに協力した、中心的な人々の名を、旅人はさりげなく宴を催すことで感謝を込めて書き残したのではないでしょうか。

●旅人と憶良の帰京

このような時、旅人は共に歩んでくれた妻を亡くし、

世の中は空《むな》しきものと知る時しいよよますます悲しかりけり　（巻五―七九三）

――世の中は空しいものだと知る時、ますます悲しみがこみ上げて来る――


と、妻の死を深く悲しみながら、仏教思想に基づいた気品に満ちた歌を詠んでいます。

旅人は天平二（七三〇）年十二月に帰京し、翌天平三年に六十七歳で亡くなりました。

全国から集めた歌の整理編集は旅人の子、家持が引き継いで見事完成させています。

山上憶良も望み通り都に帰ることができ、旅人が逝って僅か二年後に七十四歳で亡くなりましたので、『万葉集』編集の基を作った二人とも、完成した『万葉集』を見られませんでした。

●『万葉集』成立の意味

全国から集められた歌の中には、官吏などが応募し、紙に書いた歌もあったでしょうが、多くは楤《たら》などの木の葉に書いた歌が集められたと思われます。旅人の許へ送る時には、地方長官である守が歌を解する部下に命じて、ホツマツタヱの古代文字で書かれている歌を万葉仮名に書き直したものもあったかも知れませんし、ホツマツタヱの文字そのままを紙に書いて送って来るものもあったでしょうが、楤などの葉そのものを送って来るものが多かったことでしょう。

そうだとしますと、『万葉集』の意味がこれまでは、「万の言の葉を集めたもの、そして万世に伝えるべき歌集」とされてきましたが、同時に、文字を書いた沢山（万）の葉を集めて成立した歌集の意味もあったのではないでしょうか。

『万葉集』の「葉」に「言の葉」と「木の葉」の両方の意味が重ねられていたはずです。こう考える方が事実に即しています。

第二次世界大戦の敗戦時にも日本の文字を使わずローマ字で表現しようとの論が起こり、伝統的な文化を否定する動きが多々ありました。既述しましたが、白村江の戦（六六三年）で日本と百済の連合軍が、唐と新羅の連合軍に敗れた時も、伝統的な日本文化を否定する激しい動きが中央政権を中心に見られ、日本古来の文化が徹底して否定され、中国化することが良いこととされて歴史さえ書き変えられました。この極端とも言える一連の動きに逆らって編纂されたものの一つが『万葉集』です。

当時、高価な紙が使えるのは官吏や僧など収入の高い人々で、一般の人は木の葉にホツマツタヱなどの古代文字を書いていたはずです。

それに朝廷に仕える官吏なら万葉仮名を駆使でき、紙に万葉仮名で歌を書いて提出できたでしょうが、官吏よりはるかに多い一般の人々の歌や、古い時代の歌はホツマツタヱで木の葉に書かれていたはずです。ですから、旅人たちはホツマツタヱの古代文字が読め、古代文字で書かれていた歌を万葉仮名に改め、貴重な紙に書くなど、精魂込めて無数の歌を整理していったものと思われます。

こうして並々ならぬ辛苦を重ね、すべての歌を、時の政権が奨励する漢字を使って日本語を表す万葉仮名で表記したために、時の政権に焼却されることなく、旅人らの当初の望み通り四五〇〇首ものすべての階層の人々の歌が後世に伝わったのです。

●日本語表記の完成

日本初の世界に誇るべき仮名交じりで書かれた『竹取物語』は九世紀、すなわち平安初期の成立とされています。ということは『万葉集』の成立より約半世紀後の成立です。『万葉集』では万葉仮名で書いていたものを、『万葉集』成立から五十年後には「かな」が発明され、仮名交じり文ですべての日本語が表記できるようになっていたことが分かります。

菅原道真《すがわらのみちざね》は平安初期に宇多天皇に仕えた貴族であり、学者で、文章博士や参議などの役についていました。

道真は寛平六（八九四）年には遣唐使に任じられましたが、国力の衰え始めている唐へ多くの費用を使って行く意味がない、と廃止論を提言して入れられています。その後、右大臣にまでなっています。が、昌泰四（九〇一）年に藤原時平の讒言で大宰権帥として九州へ左遷され、同地で亡くなりました。

道真のいた当時、宮中で詩と言えば漢詩でしたが、道真は左遷されて九州に向かった時、

東風《こち》吹かば匂ひ起こせよ梅の花主なしとて春な忘れそ　（『拾遺和歌集』）

——私が居なくなっても東風が吹いたら梅よ、咲いておくれ、春を忘れないで——

と和歌を詠んでいます。

菅原道真は朝廷では公然と歌われていなかった和歌を詠み、さらに「月見るは忌むこと」（源氏物語）が常識であった当時、月見の宴を開催するなど進取の気性に富み、日本古来の伝統を大切にしていた方でした。道真の邸には庶民の愛した梅が植えられていたのです。

ところで官人でありながら仮名で文を書いた最初の人は紀貫之《きのつらゆき》でした。

紀貫之は土佐守の任期が終わった承平四（九三四）年十二月二十一日に土佐を出発し、翌二月十六日に帰京するまでの旅を女性に仮託して「男もすなる日記というものを女もしてみむとてすなり」と仮名文で書きました。『土佐日記』です。

紀貫之は菅原道真よりほぼ半世紀後の人ですから、『万葉集』成立後百年にして男の人が漢字仮名交じり文を密かに書き出し、以来、次第に多くの人は日本語表記に最もふさわしい漢字仮名交じり文を当然のように使うようになっていきました。が、宮中では相変わらず「仮名・かな」は文化程度が低いとみなし、公の文は漢文でした。しかし万葉仮名を考え出し漢字で日本語を表記した『万葉集』があって、はじめて漢字仮名交じり文の成立が約束され、日本文化の華が開いたのです。

第九章　高橋虫麻呂の詠んだ史実

●高橋虫麻呂と藤原宇合《うまかい》

真の歴史は、権力を握ったものが己を正当化するために成立させた正史より、説話や民話などの中に見られることがあります。またホメロスがトロイ戦争の出来事を歌った世界最古の英雄叙事詩『イリアス』『オデュッセイア』を思い出しますと、人は心の微妙な揺れを表現する以前に、叙事的なことを容易に表現し得たのかも知れないと思わせられます。ところで日本最古の文学書は『万葉集』ですが、『万葉集』の中にホメロスと同じく叙事的な作品を多く書き残し、伝説歌人として知られている高橋虫麻呂がいます。

高橋虫麻呂の生没年は分かっていません。

ただ『万葉集』の中に天平四（七三二）年に日本に接近していた新興の渤海《ぼっかい》国が、新羅との対立を深めていたため、新羅への備えの特使として、藤原宇合《うまかい》が西海道節度使に任命されて九州に向かうことになった時、虫麻呂が宇合を讃え励ます長歌と短歌を詠んで宇合に贈っています。このことから高橋虫麻呂は藤原宇合と同時代の人であると分かります。

藤原宇合（六九四〜七三七）は、大化の改新を断行した史上名高い藤原鎌足の二男で光明皇后の父でもある藤原不比等《ふひと》の第三子で、藤原四家の中の式家の祖です。

高橋虫麻呂が宇合に贈った二首の歌だけに高橋虫麻呂の記名があります。次は長歌の歌い出し部分ですが、

白雲の龍田《たつた》の山の露霜に色づく時にうち越えて旅行く君は……　（巻六―九七一）

――奈良からいくつもの山を越えて九州へ行く君の……（外敵を見張る節度使としての職務を果たしての帰還を待ち望みます）……――

で、次はその反歌です。

千万《ちよろづ》の軍《いくさ》なりとも言挙げせず取りて来《き》ぬべき男《をのこ》とそ思ふ　（巻六―九七二）

――たとえ千万の兵でも、あなたはとやかく言わず、討ち取って帰って来る勇猛な男子だと思います――

●高橋虫麻呂と大伴旅人の出会い

記名のある右の二首の他に「高橋虫麻呂歌集中出」として『万葉集』に書かれている歌が三十一首あります。

これらの歌が高橋虫麻呂の伝説歌人としての名を高からしめているのですが、それらの歌には記名がなく、高橋虫麻呂歌集の中に出ず、と『万葉集』に書かれているために高橋虫麻呂が詠んだ歌と分かるのです。が、高橋虫麻呂歌集は現代まで伝わっていません。

大伴旅人は神亀四（七二七）年に大宰帥として九州に下向していましたが、翌年、光明皇后を立てたい藤原氏に反対していた左大臣長屋王の邸を藤原氏の手勢が急襲して、長屋王を自害に追い込み、史上初めて皇族でない藤原不比等の三女を聖武天皇の妃にしました。光明皇后です。

この藤原氏のクーデター故に旅人は十一月に大納言に任命され急ぎ帰京しました。が、帰京した翌年に亡くなっています。

そんな旅人の思いとは、

「蘇我氏のもとに保管されていた天皇記も国記も焼かれてしまった。しかし、歴史的な事実を何としても後世に伝ねばならないと我は思う。故に事実が分かっている今のうちに記録しておかなくては権力者に都合の良い歴史だけが残り、事実は永久に後世に伝わらず、跡形もなく消えてしまう。こんな理不尽なことを何としても防ぎたい。

　そこで史実を残すために、朝廷が目を光らせている歴史書には手を付けず、史実を歌に詠むことで、事実ありのままを後世に伝えることが我々の使命である、と思いついた。

　歌の巧みな虫麻呂殿、どうか、史実を伝える歌を詠んではくれまいか。何の名誉にもならない仕事ながら、後世の人々に史実を伝える大切な仕事である。是非歌を詠んで後世に残してほしい。幸い我が子・家持が責任をもって全国から歌を集め、歌集として完成させ、必ず後世に残すと言ってくれている」

ということだったのではないでしょうか。

　当時は真正面から歴史的事実を書くと、権力者にとって都合が悪ければ焼却されたのですから、日常さりげなく詠んでいる歌を使って、史実を後世に伝えようとの旅人の志を知って、もちろん虫麻呂は心から共鳴したと思います。

　そして、それまで赴任した各地で詠んでおいた歌を基に、各地の史実を重ね、表現を練りに練って、史実を常に、人、時、所を鮮明に、しかも躍動感あふれる表現で、物語的に書き表すことに全力を尽くし、完成させたのです。

そして先述の藤原宇合が西海道節度使として九州に赴任した時に詠んだ長歌と短歌に記名し、その二首の歌と共に、今まで詠んであった歌を高橋虫麻呂歌集として大伴家持に提出したのだと思われます。

なぜなら旅人は帰京した翌年に亡くなっていますから、虫麻呂の歌を受け取ったのは、父、旅人の志を継いだ家持のはずです。ということは、虫麻呂も旅人と同じく『万葉集』の完成を夢見ながら、『万葉集』の完成を知らずに逝ったと私は思います。

命懸けて歌集を残した虫麻呂の願いは、「後世の人よ。私の歌を読んで史実を読みとってほしい」ということだったのではないでしょうか。

●大和勢力に滅ぼされた人々を詠んだ虫麻呂

高橋虫麻呂は養老三（七一九）年には常陸国にいましたが、天平四（七三二）年には西海道節度使として九州に下った藤原宇合に従って九州へ行くなど各地へ行き、各地で歌を詠んでいます。

高橋虫麻呂が詠んだ東国、西国の主な歌は次の通りです。

・東国の歌

「富士を詠んだ歌」（巻三―三二一）

「上総の周淮《すゑ》の珠名娘子《たまなのをとめ》を詠む歌」（巻九―一七三八・一七三九）

「武蔵の小崎の沼の鴨を見て作る歌」（巻九―一七四四）

「鹿嶋郡の苅野の橋にて大伴卿に別るる歌」（巻九―一七八〇・一七八一）

「勝鹿の真間の娘子を詠む歌」（巻九―一八〇七・一八〇八）

・西国の歌

「水江の浦嶋の子を詠む一首」（巻九―一七四〇・一七四一）

「菟原処女《うはらのをとめ》の墓を見る歌」（巻九―一八〇九～一八一一）

伝説歌人と言われる高橋虫麻呂は大伴旅人が望んだ史実を後世に伝えるために、大和の権力者に怪しまれることのない叙事詩として、史実を巧みにまとめながら、真の歴史を彷彿とさせる素晴らしい歌を、命を削るようにして詠み続けていたのです。

当時は、真正面から歴史的事実を記述しますと、権力者にとって都合の悪いところがあれば、惜しげもなく焼却されてしまいましたから、大伴旅人は真実の歴史を後世に伝える手段として、多くの人が日常生活の中で歌っている歌をさりげなく記録することで、史実を後世に伝えようと考えました。その旅人の志を知って協力した、伝説歌人として知られる高橋虫麻呂は、旅人亡き後、それぞれの歌を究極まで練り上げ、完成させ、大伴家持に送り、

――やるべきことはやった――

と満足の笑みを浮かべて逝ったのではないでしょうか。場合によっては、

――歌二首と高橋虫麻呂歌集を拝受。現在編集中の歌集に、記名の歌はもちろん、歌集の中の歌も掲載いたします――

との家持からの返書を読み、満足の笑みを浮かべて逝ったと虫麻呂のために思いたいです。

●水の江浦島の歌

「詠水江浦嶋子」（巻九―一七四〇・一七四一）が『万葉集』にあります。浦島太郎の絵本の原典ですから幼い日に抱いた思いはそのまま大切にしながら、『万葉集』の中に水の江浦

島の歌を記名せずに書き残した高橋虫麻呂の真意を探ってみたいと思います。

浦島の伝説は、『日本書紀』に書かれているものが最古です。また丹後（京都北部）の風土記にも書かれていて、一二〇〇年の昔から今に至るまで、丹後には浦島神社が鎮座していることからも、浦島と呼ばれた人物が実在していたと考えられます。

『日本書紀』には雄略二十二（四七八）年に丹後の国の瑞江の浦嶋子が釣りをして大亀を得た云々と書かれています。しかし虫麻呂の歌には亀が書かれていません。

虫麻呂はこの歌で神仙思想そのままの不老不死の神の乙女の許へ浦島を行かせながら、亀を登場させていません。

虫麻呂は常世辺などと神仙思想を書く風を装いながら、実は神仙思想を書いたのでなく、この世の事実を書いたと知らせるために神仙思想にはつきものである亀を登場させなかった、と思われます。次が虫麻呂の書いた浦島の歌です。

水江の浦島の子を詠む歌一首

春の日の　霞める時に　住吉《すみのえ》の岸に出で居て　釣舟の　とをらふ見れば　いにしへの
ことそ思ほゆる　水江の浦島の子が　鰹釣り　鯛釣りほこり七日まで　家にも来ず

て　海界《うなさか》を過ぎて榜《こ》ぎゆくに　わたつみの　神のをとめに　たまさかに　い榜ぎ向ひ相誂《あとら》ひ　言成りしかば　かきむすび常世に至り　わたつみの神の宮の　内の重《へ》の妙なる殿に　たずさはり　二人入り居て　老いもせず　死にもせずして　永き世にありけるものを　世の中の　愚か人の　我妹子《わぎもこ》に　告《つ》げて語らく　しましくは　家に帰りて　父母に　事も告《の》らひ　明日の如　我は来なむと　言ひければ　妹が言へらく常世辺《とこよへ》に　また帰り来て　今の如　逢はむとならば　この篋《くしげ》　開くなゆめと　許多《そこらく》に　堅めし言《こと》を　住吉《すみのえ》に　帰り来たりて　家見れど　家も見かねて　里見れど　里も見かねて　あやしみと　そこに思はく　家ゆ出でて　三年の間《ほど》に　垣もなく　家失せめやと　この筥《はこ》を　開きて見てば　もとの如　家はあらむと　玉篋《たまくしげ》　少し開くに　白雲の　箱より出でて　常世辺に　たなびきぬれば　立ち走り　叫び袖振り　こいまろび　足ずりしつつ　忽ちに　心消《け》失せぬ　若かりし　肌も皺みぬ　黒かりし　髪も白けぬ　ゆなゆなは　息さへ絶えて　のち遂に　命死にける　水江の浦島の子が　家《いえ》地《どころ》見ゆ　（九―一七四〇）

漁族の長、浦島が招かれてか、自ら進んでか、高い文化を持ち、立派な御殿に住んでいる神の乙女（以後乙姫・おとひめ）と結婚します。説明は略しますが乙姫は大和朝廷の勢力を象徴し、結婚するとは同盟を結ぶの意です。

手厚い歓待を受けた浦島は、乙姫と同盟したことを知らせるため、村に帰って仲間に伝えてまた来ると申し出ますと、乙姫は浦島に、

「この玉篋を決してあけないでください」

と言います。乙姫が浦島に玉篋を渡したのではありません。玉篋を開けるな、と言っただけと虫麻呂は詠んでいます。

こうして浦島が村に帰りますと、村は無く、知った人も居ませんでした。村人は攻め滅ぼされていたのです。そこで浦島はこの玉篋を開ければ元のように村も人も見えるようになるのではないかと思って、少し開けますと、白雲が乙姫の居る常世辺の方になびき、浦島は財力も政治力も生命力も失って、ついに死んでしまいます。

浦島の開いた玉篋とは衣類や食料を入れる箱のように思われがちですが虫麻呂は篋と筥と箱と違った漢字を当てて表現しています。後世の人よ、注意してこの文字を読んでくださいと言っているかのように。

篋の文字の中の夾ははさむの意味で、浦島を囲んでいる人々のこと、そして竹冠は竹を鋭く切って飛ばす矢、すなわち武器のことです。ですから周りに居る人々に武器を持たせたことが「玉篋を少しあける」です。

分かりやすく言えば浦島の歌は、好意的である浦島を乙姫側が呼んで饗応し、二、三日泊めて大いに歓待します（三年と言うのは白髪三千丈の類です）村の人々は村長《むらおさ》である浦島が同盟を結びに大和朝廷勢力側の乙姫の許へ行ったと喜び、もう攻められることはないとほっとしていました。そこへ不意に朝廷側が軍勢を出して村に攻めかかり勇猛な村人は殺され、村は焼かれてしまいました。

浦島は村に帰って、はじめて自分が居ない間に村人が攻め滅ぼされたことを知り、悲憤に耐えながら考えます。仲間たちは負けてしまったが、武器をもってもう一度戦えば元のように暮らして行けるのではないか、と。

そこで浦島は立ち上がり、乙姫が決して使うなと言った武力を手にして乙姫側に攻めかかります。しかし主な人々はすでに死んでいる敗者の村ですから、たちまち敗れて浦島は命まで失ってしまったというのです。

浦島漁族の長を和睦と言う甘い言葉で誘い出し、その留守に村を滅亡させ、そうと知っ

て立ち上がり攻めた浦島をたちまち敗り、ついに浦島の漁族を滅亡させたという話が浦嶋の歌です。そして反歌は、

常世辺《とこよへ》に住むべきものを剣刀《つるぎたち》汝《な》が心から鈍《おそ》やこの君　（巻九―一七四一）

――神仙世界にずっと住んでいられたものを、自分から剣太刀を取って滅びたとは愚かだなあ、この人は――　（反歌の剣太刀は「汝《な》」の枕詞というのが定説ですが、私はこの剣太刀の文字にも浦島が武器を持って敵わないまでも立ち上がって滅びていった事実を知ってほしいとの暗示を虫麻呂が示していると思います。）

この浦島漁族のようにそれまで平和に暮らしていた人々のところに、己の権力の拡張を図るために有無を言わさず攻め立てて滅ぼした人々の横暴さを、そして滅ぼされた人々へささげる熱い涙を虫麻呂は詠んでいたのです。

『万葉集』が成立した時に虫麻呂はすでに死んでいましたが、官吏であったと思われる一族がいますから一族に危害が及ぶと考えて、虫麻呂は記名しなかったと思われます。しかし虫麻呂の才能を大切に思った家持か、家持より少し後の人で虫麻呂歌集を手にできた人

が「高橋虫麻呂歌集に出づ」と加筆したものが伝わったのだと思われます。

●真間《まま》の手児奈《てこな》の歌

高橋虫麻呂のたくさんの歌の中から、近世日本文学の代表作と言われる江戸後期の上田秋成の怪異小説『雨月物語』の中の「浅茅《あさじ》が宿《やど》」に、真間に通っていた商人から聞いた話として〝真間の手児奈〟の伝説が書かれています。江戸期の儒教精神に則り、二人の男性に思われて、どちらにもこたえることはできないと身をはかなんで死んでしまったという真間の手児奈の悲話です。この話が有名ですが、『万葉集』の中の高橋虫麻呂の書いた歌の内容とは違っています。そこで、次に高橋虫麻呂の書いた真間の手児奈の歌を紹介します。

勝鹿《かつしか》乃真間の娘子《をとめ》を詠む歌一首ならびに短歌

鶏《とり》が鳴く東《あづま》の国に　古《いにしへ》にありけることと　今までに　絶えず言ひ来る　勝牡鹿《かつしか》の真間の手児奈が　麻衣に青衿《あをくび》つけ　ひたさ麻《を》を　裳《も》には織り着て　髪だにも　かきはけづらず沓《くつ》をだに　はかず行けども　錦綾の中に包める　斎兒《いはひご》も　妹《いも》にしかめや　望月のたれる面わに　花のごと笑みて立てれば　夏虫の火に入るがごと　水門《みなと》入りに　船漕

ぐごとく行きかぐれ　人の言ふ時　いくばくも　生けらじものを　何すとか身をたな知りて　波の音《と》の騒ぐみなとの　奥津城に　妹がこやせる　遠き代にありけることを昨日しも　見けんがごとも　思ほゆるかも
（巻九―一八〇七）

「鶏が鳴く」は東の枕詞です。次に簡単に私の直訳を書いてみます。読みにくければ意訳に進んでください。

〈直訳〉
――東国に昔あったと伝えられている葛飾の真間の手児奈が、麻布に青衿をつけ、他の糸の混ざっていない麻を裳《も》（ロングスカート）に織って着て　髪さえとかさず沓も履かないで行くけれど、やわらかな錦綾に包まれて大切に育てられた子も妹（手児奈）に及ばない。
（手児奈が）美しい顔で花のように微笑んで立っていると、虫が火に飛び込むように船が港に入るように引き寄せられて（男たちが）言い寄る時、それ程長くは生きていられないものを、どうしてか、自分の身を十分に知って浪の音の聞こえる墓所に妹（手児奈）が寝てしまった。遠い昔にあったことながら、まるで昨日見たばかりのように思われることだ――

〈意訳〉

――東国に昔あったとして、今までずっと言い伝えられている葛飾の真間の人々が虚飾や謀を弄すること無く、素朴に暮らしていた。その真間の人々にとって高い文化を持って東漸してくる大和の勢力も、振り返るだけの魅力のあるものではなかった。

真間の人々がそれなりに豊かに暮らしていると、自然に周辺の大小豪族の人々が集まってきて、「勢力を広げつつある大和朝廷の前に立ち塞がることは不利、大和朝廷の申し出に従うことが、時代の動きを知った大人の生き方ですよ」と真間の人々に熱心に説いたのですが、何としたことか、真間の人々は、「滅ぶべき運命なのだ。たとえ滅びても大和朝廷の申し出に従い、今までのしきたりを捨てたりしない」と大和朝廷の申し出に従わず討ち滅ぼされ、波の音の絶えず聞こえる水辺の墓に眠ってしまった。この話は遠い昔にあったことなのに、まるで昨日見たかのようにしみじみ悲しく思われる――

この意訳は、真間の手児奈の秘話に込められた真間一族の滅亡の事実を読みとったものです。精《くわ》しくは中津攸子著『万葉の悲歌』『真間の手児奈』（新人物往来社）に任せるとして、大和朝廷が大化の改新を断行し、すべての土地を公地、人々を公民と決め、さらに地方に国司郡司を置くと決め、国司の仕事場である国衙《こくが》建設の予定地として真間一族の墓地も含んだ、既に公地である土地を提供するようにと申し伝えます。と、その申し出を真間の一族は拒んだのです。

真間周辺の人々は、大和朝廷の命令に従って生き延びることが賢明であると真間の人々に勧めたのですが、先祖の墓地を暴いてまで生き延びようとは思わない、この地は遠い先祖からずっと我等のものであった、と土地の提供を拒み、大和勢力の送った軍兵に攻められて、真間一族は滅ぼされたのです。

国府などが作られれば人口が増えるのが普通ですが、国府が作られた七世紀後半の真間の台地に戦火と思われる焼け跡があり、人口が減少していたと分かっていますので、高橋虫麻呂の詠んだ真間一族が攻め滅ぼされたとの歌の内容を、考古学が実証していると言えます。

●高橋虫麻呂の近代性・世界初のヒューマニズム

高橋虫麻呂は真間の手児奈が戦火に追われ、死んでゆく様子を事細かに劇的に詠んでいます。

高橋虫麻呂の歌をこのように歴史的事実を加味して読みますと歌の内容は躍動し、虫麻呂の精神は高揚します。

虫麻呂の詠んでいるのは滅びゆく者の持つ美しさへの共感であり、滅びゆく者への限りない愛です。

勢力を四方に伸ばそうと努めていた大和朝廷に、従わないが故に、またはその村人たちの持つ財や土地を朝廷側が手に入れたいために滅ぼされた人々の事実を、間接的な表現を取りながら、物語風に書くことで、内面に秘めた深い悲しみを現代のアウトサイダー的な立場に立って詠むことをした高橋虫麻呂が、遠い天平期に生きていたと知ることは何という感激でしょう。

まるで現代人が天平時代に入り込んで、全力で表現しているように感じます。真間の手児奈の反歌は、

葛飾の真間の井を見れば立ちならし水汲ましけむ手児奈しおもほゆ　（巻九―一八〇八）

です。井は深い井戸でなく、こんこんとわいて尽きない泉の周りに丸太などを井桁に置いたところのことですから、戦火に追われた娘たち（手児奈*注）が、泉の水を汲んでは被っていたと虫麻呂は詠んでいるのです。

他の高橋虫麻呂の歌は省略しますが、虫麻呂のどの歌にも滅びゆくものの美しさ、滅びゆくものへの共感、そして限りない愛が見られます。さらに確立途上にある大和朝廷によって滅ぼされて行く人々を、その表現において常に人、所、時を鮮明に劇的に写実的に歌い上げ、すぐれた文学作品を完成させています。

この虫麻呂の文学性に歴史的事実を加味して読みますと、虫麻呂の歌は躍動し、精神は高揚します。そこに感じられる虫麻呂の孤憂の影は、漂泊し続ける鋭敏な魂の吐息なのかも知れません。

虫麻呂は能力に恵まれた英雄を歌い上げたのではなく力弱く時流に乗れず滅びへ向かった人々を歌い上げました。

中世ヨーロッパに起こったヒューマニズムの精神が千年以上も昔の虫麻呂の歌の中に息

づき、滅び去った者、歴史の顧みない者に深い愛情を注いで歌うことをした虫麻呂の優れた自由な精神と共に、そのような歴史的事実を歌った虫麻呂の歌を、二十一世紀の今、読めることに限りない感銘を覚え、『万葉集』を今に伝えてくれた多くの先人に心から感謝しないではいられません。

＊注

「手児奈」とは固有名詞でなく普通名詞で「娘たち」です。『万葉集』から一例だけ挙げます。

東路の手児の呼坂《よびさか》越えがねて山にか寝むも宿《やどり》は無しに　（巻十四―三四四二）

――東海道の手児の呼坂を越えられなかったので山に寝ることであろうか、仮寝の宿もないので――

があり、『岩波古典文学大系・万葉集』に「手児の呼坂」はどこにあるか未詳とあります。が、「手児の呼坂」という名の坂でなく、別れを惜しんで呼び続ける娘と別れ難くて坂を越えかねてしまった……との情感の溢れた美しい歌なのです。

「手」は「働き手」「手が足りない」「運転手」などの「手」で働ける人、「児」は娘、「奈」は「みんな」「おうな」「そんな」「朝な夕な」……など数を表す「僕ら」「私たち」に当たる言葉です。要するに「手児奈」とは「娘たち」です。（『万葉の悲歌』中津攸子著・新人物往来社　参照）

第十章　山上憶良の詠んだ庶民の暮らし

●憶良・筑前守になる

山上憶良は身分が低く、その父母は不明です。ただ大宝元（七〇一）年に遣唐使の粟田真人の随員として四十歳前後で渡唐し、仏教や儒教や老荘思想などの研鑽を積んで景雲二（七〇四）年か景雲四（七〇七）年のいずれかに帰国したとされています。

その渡唐時代に憶良の詠んだ望郷の歌が『万葉集』にあります。

いざ子ども早く日本《やまと》へ大伴の御津《みつ》の浜松待ち恋ひぬらむ（巻一―六三）

――さあ人々よ、早く日本へ帰ろう。御津の浜松が待ちかねているだろうから――（「子ども」とは従者や舟子、「大伴の御津」はかって大阪湾にあった大伴家の領地）

無位だった憶良は帰国してから和銅七（七一四）年正月に従五位下に叙せられました。

霊亀二（七一六）年四月には伯耆守《ほうき》（鳥取の長）に任じられて赴任し、任期を終えるとすぐに帰京しました。そして養老五（七二一）年には首皇子《おびと》（後の聖武天皇）の侍講をしていました。憶良は首皇子に和歌を教えるため、沢山の歌を集め、種類別に分けて七巻に編集しました。『類聚歌林』です。

『類聚歌林』は『万葉集』に先行する五つの歌集の一つで『正子内親王絵合《せいしないしんのうえあわせ》』『袋草紙《ふくろぞうし》』他、鎌倉期までのものに記録がありますが惜しいことに現存していません。

『万葉集』には『類聚歌林』の中から名高い額田王の歌、

熟田津《にきたつ》に船乗せむと月待てば潮もかなひぬ今は漕ぎ出でな　（巻一―八）

――熟田津で船に乗ろうと月の出を待っていると、月が出て折よく潮も満ちて来た。さあ、漕ぎ出そう――

など十二首が選ばれています。熟田津の名湯は愛媛の道後温泉です。

憶良は首皇子の侍講としてほぼ五年を過ごし、神亀三（七二六）年に筑前守として九州へ下向しました。

●憶良の有間皇子を偲ぶ歌

憶良が在唐中に詠んだとされる有間皇子を偲んだ歌があります。

鳥翔成《つばさなす》あり通《がよ》ひつつ見らめども人こそ知らね松は知るらむ　（巻二―一四五）

――有間皇子の魂は常に（藤白坂）あたりの空を通ってご覧になっておられよう。それを人は知らなくても松は知っていよう――

有間皇子は一人っ子で父は孝徳天皇、母は小足媛《おたらしひめ》で、父・孝徳天皇が亡くなられた時、十五歳でした。

有間皇子には当然皇位継承権があり、優秀なため、斉明天皇や中大兄皇子らから危険視されていましたので、有間皇子は、ハムレットのように精神を病んでいるように見せかけ、身の安全を図っていました。『日本書紀』の「斉明紀」に、「有間皇子、性黠《ひととなりさと》くして陽狂《うほりくるい》す（僞りて狂う）」と書かれています。

斉明四（六五八）年十月、斉明天皇は中大兄皇子たちを伴い、紀伊の牟婁《むろ》の湯に出かけました。天皇の留守を守っていた蘇我赤兄《あかえ》が親し気に有間皇子を訪ね、斉明天皇や中大兄皇子の失政、大きな倉を建て民の財を集めたこと、長く渠《みぞ》を掘って公の糧を浪費したこと、土木工事をやりすぎたことを数え上げ、有間皇子に謀反を勧めました。十九歳の有間皇子は、

――赤兄の言うことは尤《もっと》も。もし私が天皇になったなら、人民を困らせるような政《まつりごと》はしない――

と思い、赤兄の口車に乗せられ、ついに謀反に同意しました。

大化の改新の時、蘇我石川麻呂は中大兄皇子に従って蘇我入鹿暗殺に協力し、石川麻呂が朝鮮使節の手紙を読み終わった時に入鹿を討つ手筈でした。ところが、石川麻呂は手紙を読んでいる途中で震え出してしまい、蘇我入鹿が、

「なぜそんなに震えているのか」

と訝《いぶか》って聞きました。と、間髪を入れずに中大兄皇子が抜刀して飛び出し、入鹿を殺害して大化の改新の幕が開いたのです。

石川麻呂は後に讒言によって中大兄皇子の率いた軍勢に囲まれ、追い詰められて自害しました。

この石川麻呂の弟が蘇我赤兄ですから、赤兄は中大兄皇子に追従し保身を計っていたのです。しかしそのことに有間皇子は気付かず、間もなく有間皇子は再び赤兄と会い、

「我が兵を用いるべき時なり」

とばかり、挙兵の話し合いをしていますと、おしまずき（脇息）の足が折れたのです。すると「不吉だ」と赤兄は話の途中で席を立ってしまいました。そしてあろうことか、その夜の内に軍勢を引き連れて有間皇子の邸を囲み、謀反の角で皇子を捕えたのです。

この事件は中大兄皇子が、有間皇子を陥れるために、赤兄に命じてやらせたこととされています。

連行された有間皇子は紀伊の藤白坂で十一月十一日に絞首されました。この連行中に詠んだ有間皇子の歌が『万葉集』にあります。

家にあれば笥《け》に盛る飯を草枕　旅にしあれば椎の葉に盛る　（巻二―一四二）

――今は旅の途中なので飯を器に盛らずに椎の葉に盛ることだ――

岩代の浜松が枝《え》を引き結び　ま幸《さき》くあらば　またかへり見む　（巻二―一四一）

――岩代の浜の松の枝を引き結んで無事を祈る。道の神が聞き届けてくださり、無事だったらまたここに来てみよう――

無事には済むまいと思いながら、もし無事だったらこの松の枝の結びを再び見ようと詠む皇子が哀れです。

中大兄皇子と皇位継承を将来争いそうな相手を計略を巡らせて殺してしまう、この陰湿なありようを思い、憶良は、

――このような事実は正史には書かれず、やがて忘れられ消え果ててしまう――

との悲憤ゆえに歌を詠み残したと思われます。

●旅人の左遷

憶良が筑前守として九州に下向した二年後に憶良より五歳年下の大伴旅人が大宰府の長として着任しました。

大伴家の祖は瓊瓊杵尊《ににぎのみこと》に従って高天原から高千穂の峯に降った五神の一柱として神話の中に登場し、大和朝廷成立以来、物部氏や阿部氏と共に朝廷を支えてきた旧家です。特に

大伴氏は武を以て朝廷に仕える要の家柄でした。しかし旅人の時代には既に朝廷では東北、沖縄を除いてほぼ全国制覇を完了し、以前ほど武力が必要で無くなりましたから、朝廷内で絶対の権力を誇っていた大伴家の勢力は次第に衰えつつありました。

朝廷内では次第に蘇我氏が勢力を持つようになりましたが、大化の改新で滅ぼされました。やがて藤原氏が不比等の娘、安宿媛《あすかべひめ》を聖武天皇の皇后にしたいと画策し始めました。そのことに強烈に反対していた長屋王《ながやのおおきみ》の邸を舎人親王や藤原不比等の子武智麻呂《むちまろ》らが軍隊を出して急襲し、長屋王と吉備内親王に四人の皇子全てを自殺に追い込みました。「皇族でない者が皇后になったことは朝廷が誕生して以来無い」と反対していた大伴家の家長である大伴旅人は中央政権から離され、重要な地とはいえ都から遠い九州へ左遷されました。

こうして藤原氏は娘を皇后にしたいとの望みを達成し、聖武天皇に嫁がせ、光明皇后が誕生し、平安時代の藤原氏繁栄の基を築いたのです。

左遷された旅人は、憤懣《ふんまん》やるかたない思いで九州に下ったはずですが、九州に着いて間もなく旅人の妻・大伴郎女《いらつめ》が亡くなってしまいました。先述しましたが、旅人は詠みます。

世の中は空しきものと知る時しいよよますます悲しかりけり　（巻五―七九三）

亡き妻への思いを率直に読む旅人の表現の新しさはどうでしょう。

すでに筑前守として九州に来ていた憶良は、そんな旅人の気持ちになって長歌『日本挽歌』を詠みました。

大王《おほきみ》の遠《とお》の朝廷《みかど》と……心そむきて家離《ざか》りいます　（巻五―七九四）

――天皇の遠い地方の政庁に来て…（大伴郎女が）家を離れて逝ってしまった――

と読み、その反歌五首と共に、神亀五年（七二八）七月に旅人に捧げました。その反歌の中の二首、

悔しかもかく知らませばあをによし国内《くぬち》ことごと見せましものを　（巻五―七九七）

――残念だ。こう（亡くなってしまう）と知っていたら筑紫の国中を全部見せてあげればよかった――

妹《いも》が見し棟《あふち》の花は散りぬべしわが泣く涙未だ干《ひ》なくに　（巻五―七九八）

――妻が見たセンダンの花は散ってしまった。私の泣く涙はまだ乾かないのに……――

旅人の気持ちを察し、亡き妻への思いを詠んだ憶良の歌に、旅人は感動したに違いありません。

●全国の歌を募集

二人は親しくなり、長屋王のこと、有間皇子のこと、藤原氏の横暴さなどを語り合い、意気投合したと思われます。そして今、九州に居て二人に何ができるか話し合い、ついに、「中央の認める歴史では、ありのままの事実が後世に伝わらない。そこで事実ありのままを歌に詠んで残したい。歌なら燃やされたり消されたりしないだろうから」との旅人の思いに、有間皇子などを偲び、胸を痛めていた憶良は大いに魂を揺すられたことでしょう。

二人は全国のあらゆる階層の人から歌を集める方途を考え、事前に朝廷に報告してから、全国の人々に歌募集の報せを徹底することに努めたと思われます。その一方で憶良は寸暇を惜しんで社会の実相を後世に伝える歌を詠んで行きました。
憶良と旅人の出会いは、『万葉集』の編集を具体化させ、さらに『万葉集』の表現世界を広げ、それまで詠まれなかった社会派的な歌を生んだのです。

●憶良の歌

憶良の歌は旅人に会うまでは僅かに六首しかありませんが、旅人に会って触発されてから、可能な限り歌を詠んでいたことが、『万葉集』に八十余首も掲載されていることから分かります。

天平二（七三〇）年の旅人邸での梅花の宴で一人一首詠んだ三十二人の歌が『万葉集』に載っていますが、その序文から、令和の年号が決められたことは既述しました。この序文は山上憶良が書いたとの説が有力です。この旅人邸での憶良の歌は、

春さればまづ咲く屋戸の梅の花　独り見つつや春日《はるひ》暮さむ　（巻五―八一八）

――春になると真っ先に咲く梅の花を一人で見ながら春の日をすごそうか。いや皆で共に楽しもう――

です。旅人は、

我が園に梅の花散るひさかたの天《あめ》より雪の流れ来るかも　（巻五―八二二）

――梅の花が散っている、まるで天から雪が降ってきているように――

と美しく実に見事です。

●憶良の歌の特色

憶良には子を思う歌があります。有名なのは、既述しましたが、

銀《しろかね》も金《くがね》も玉も何せむに勝《まさ》れる宝子に及《し》かめやも　（巻五―八〇三）

です。この歌は長歌「子等を思ふ歌」の反歌です。

永い間、日本は母系制社会が尾を引いていましたから、父が子を思うということは普通

にはありませんでした。

通い婚で子供は母親のもとで育てられましたから、子供の身分が母親と同じで当然でした。このような風習の中で、父親が子を思う歌を詠むのは渡島した憶良ならではの新思想でした。

憶良には「風交《まじ》り雨降る夜《よ》の……すべなきものか　世間《よのなか》の道」と歌った名高い長歌「貧窮問答歌」があり、その反歌は、

世間《よのなか》を憂しとやさしと思へども飛び立ちかねつ鳥にしあらねば　（巻五―八九三）

で、貧しい暮らしの苦しさを詠んでいます。憶良はこのように貧、病、老、死に敏感で、社会的な矛盾を鋭く見通して詠んだり、家族への愛や、社会的な弱者へ優しい視線を注いだりして詠み続けました。

●士《をのこ》・憶良

憶良は天平五（七三三）年六月に、都に帰りました。その時には既に天平二（七三〇）年

に大納言になって帰京した旅人は翌年六十七歳で亡くなっていました。憶良は旅人と同じく京に着くと間もなく旅の疲れからか重い病の床に就いたのです。病と聞いて藤原八束が河辺東人《かわべのあずまひと》を見舞いに行かせますと、憶良は病床で次の歌を口ずさみました。

士《をのこ》やも空しかるべき万代《よろずよ》に語り継ぐべき名は立てずして　（巻八―九七八）

――男子たるものが空しく果てていいのだろうか。万代に語り継ぐ名も立てないで――

と。間もなく憶良は七十四歳で亡くなりました。旅人と話し合ったことでまだやるべきことがある、と死を前にして憶良は時間の無いことを残念に思ったはずです。とはいえ、全国から集まって来る歌の分類に憶良の『類聚歌林』の編集の経験が役立っていたことでしょう。

こうして憶良や旅人が夢見、手を付けた『万葉集』が成立したのは憶良の没後三、四十年後でした。

第十一章　柿本人麻呂の詠んだ史実

●柿本人麻呂歌集

柿本人麻呂は『万葉集』を代表する歌人で後世、山部赤人と共に歌聖と尊ばれた人です。また柿本人麻呂は平安中期の歌人で『和漢朗詠集』など撰した藤原公任《きんとう》に三十六歌仙の筆頭の歌人として選ばれています。

『万葉集』に先行する五歌集のうち最古のものが『柿本人麻呂歌集』で七世紀半ば以降のものです。古歌集は七世紀末、山上憶良、笠朝臣金村、高橋虫麻呂の各歌集は八世紀の初めです。

●人麻呂の生涯

柿本人麻呂について確かなことは殆ど分かっていません。第五代孝昭天皇（生没年不明）の後裔であるとか、春日氏の庶流であるなどの説があります。また子孫は石見の国の郡司で鎌倉以後は益田と称したとされています。

柿本人麻呂は史書に記名がありません。五位以上の人名は史書に必ず書かれていますから、人麻呂は確実に六位以下の官人です。人麻呂についての第一資料は、『万葉集』やそれに付随する題詞や左注です。柿本人麻呂の歌は『万葉集』に長歌約二十首、短歌約七十首が収録されています。

柿本人麻呂は天武天皇の御代の六八〇年には出仕していたことや、持統天皇の即位から崩御までの人麻呂の歌の年代が分かっていることから持統朝でその活動が花開いたと考えられています。

柿本人麻呂は近江朝で官女の死を悼む挽歌を詠んだり、弓削皇子、舎人親王、新田部《にいたべ》親王などに歌を捧げています。また各地の歌を詠んでいますが、持統朝には宮廷歌人という役職はありませんが、人麻呂は歌を詠みその歌を、また死を悼んでいる人に詠んだ挽歌を捧げた官人であったと思われます。

柿本人麻呂は各地を転々としていますが、文武天皇四（七〇〇）年に明日香皇女の挽歌がありますので、その頃までは都に居た可能性がありますが、藤原京後半や平城京遷都後の作品は皆無ですので、亡くなっていたと思われます。

●柿本神社

柿本人麻呂を祀った柿本神社、和歌神社、人丸神社（平安時代以降は柿本人麻呂を人丸と表記しています）など人麻呂に関わる神社が全国に二五一社あるそうです。特に島根県の益田の戸田は生誕地であり、高津は終焉の地であると伝承されていて、戸田と高津にそれぞれ柿本神社があります。

●柿本人麻呂の詠んだ史実

(1)　日並皇子《ひなみしのみこ》

柿本人麻呂の歌で分かっている最も早い歌が持統三（六八九）年四月の日並皇子（草壁皇子）の殯《もがり》の挽歌です。

その長歌を要約しますと、ほぼ、

――天と地が生成したはじめに天照大神が天上界を治め、天雲を分けて葦原の瑞穂の国を治める神として下された日の御子である天武天皇は立派にご統治になって、皇祖のいられる国にお隠れになってしまわれた。そこで日並皇子のご即位を全ての人がお待ちしていたのに、日並の皇子もお隠れになってしまわれた――

との長歌で、その反歌は、

島の宮勾《まがり》の池の放ち鳥人目に恋ひて池に潜《かづ》かず　（巻二―一七〇）

――（日並皇子の）島の宮の勾の池の放ち鳥は人を恋しがって池に潜ろうとしない――

で、持統天皇に捧げたのでしょう。また軽皇子《かるのみこ》（文武天皇）に従って安騎《あき》の野に宿を取った時、日並皇子の狩りに出られた姿のことを思い出し、柿本人麻呂は、

日並皇子《ひなみしのみこ》の命《みこと》の馬並《な》めて御狩立たしし時は来向かふ　（巻一―四九）

――亡き日並皇子が馬を並べ御狩に出かけられたその時刻が今やって来た――

と、勇壮な日並皇子を想像させる歌を詠んでいます。我が子、日並皇子に何が何でも皇位を継がせたかった持統天皇は、人麻呂の歌をどんなにか喜ばれたことでしょう。

(2)　二人の皇子と石川郎女《いらつめ》

『万葉集』の中に日並皇子と大津皇子が同時に石川郎女に好意を寄せていたことが書かれています。

大津皇子が石川郎女に、

あしひきの山のしづくに妹《いも》待つとわれ立ち濡れし山のしづくに　（巻二―一〇七）

――あなたを待って山のしずくに濡れてしまいました――

と詠んで渡しますと、石川郎女は、

吾《あ》を待つと君が濡れけむあしひきの山のしずくに成らましものを　（巻二―一〇八）

――私を待って濡れたという山のしずくに私はなりたかった――

と返し、次に「我が二人寝し」（巻二―一〇九）と大津皇子は二人が結ばれたと詠んでいます。

日並皇子も石川郎女に歌を贈っています。

大名児《おほなご》を彼方《おちかた》野辺に刈る草《かや》の束の間もわれ忘れめや　（巻二―一一〇）

――愛しいあなたを私は束の間も忘れたことはありません――　（大名児は石川郎女の通称）

日並皇子と大津の皇子が同じ石川郎女を愛し、大津皇子だけが思いを遂げているのです。日並皇子の母親である鸕野讃良皇女《うののさららのひめみこ》（後の持統天皇）は我が子の不甲斐なさがどんなにか情けなかったことでしょう。

(3)　大津皇子の処刑

日並皇子の母である鸕野讃良皇女は、大津皇子の母・大田皇女の妹でした。日並皇子と大津皇子は母違いの天武天皇の御子でしたから、皇位継承権を持っていました。しかし大田皇女はすでに亡くなっていたのです。

とはいえ大津皇子の方が何事も日並皇子より優れていましたので、鸕野讃良皇女は気が気ではありませんでした。我が子の皇位継承の前に立ちふさがり、我が子の恋敵でもある大津皇子は目障りだったのです。

ですから天武天皇が亡くなるや、

「大津皇子が草壁皇子に対して謀反を企んでいる」

との新羅僧行心《ぎょうしん》の申し出を受け、何も調べずに逮捕し、翌日強引に死罪にしました。

大津皇子は二十四歳でした。

⑷　日並皇子逝く

持統天皇は、天武天皇の殯を二年余りとし、殯が明けたら日並皇子に皇位を継がせることにしていました。が、天武天皇が亡くなった翌年（六八七）、日並皇子は二十八歳の若さで亡くなってしまいました。

大津皇子を亡き者にしてまで日並皇子に継がせたかった皇位を、持統天皇は日並皇子の御子であり、自分の孫である軽皇子に継がせようと軽皇子の成長を待つことにしました。

このころ、柿本人麻呂は日並皇子の挽歌を詠み、反歌を添えました。その反歌、

ひさかたの天《あめ》みるごとく仰ぎ見し皇子《みこ》の御門《みかど》の荒れまく惜しも　（巻二―一六八）

――大空を見るように仰いだ皇子の御殿が荒れるであろうことが残念です――

あかねさす日は照らせれどぬばたまの夜渡る月の隠《かく》らく惜しも　（巻二―一六九）

――空に日は照っていますが、夜空を渡る月の隠れることが惜しいように、皇子がお隠れになったことを残念に思います――

我が子、日並皇子の死を悼む持統天皇は、柿本人麻呂の挽歌に涙したことでしょう。

⑸　有間皇子の挽歌

有間皇子は孝徳天皇の御子で、孝徳天皇が悶々として逝った時は十五歳でした。が、孝徳天皇の苦悩を知っていたためか鬱病を患ってしまいました。やがて治ったのですが、有間皇子は身の危険を感じ、狂人の真似をしていたと「斉明紀」にあります。

十八歳になった有間皇子は牟婁の湯に行き、名湯に入って病が治ったと、孝謙天皇の妹である斉明天皇や中大兄皇子に話しますと、早速斉明天皇は中大兄皇子らを従えて牟婁の湯へ行幸されました。

その留守を守っていた蘇我赤兄が有間皇子を尋ねてきて、政治批判を話し続けたその口車に乗ったことは既述しましたが、この時、有間皇子は挙兵のあり方などを口にしました。するとそのことを蘇我赤兄は中大兄皇子に通報したのです。

「有間皇子は謀反心を持っている」

と。すぐに有間皇子は捕えられ、中大兄皇子の許へ引き立てられて行く途上で、

岩代の浜松が枝《え》を引き結びま幸《さき》くあらばまたかへり見む　（巻二―一四一）

と詠みました。

命の危険の迫る中で、平然と眼前の事実を詠む強さはどうでしょう。もちろん無事に帰れず、捕えられて六日後に藤白坂の露と消えました。

柿本人麻呂は、

後《のち》見むと君が結べる磐代の子松がうれをまた見けむかも　（巻二―一四六）

――あなたは無事に帰り、結んでおいた松の梢を見たでしょうか――

大宝元（七〇一）年文武天皇の紀伊の国への行幸の伴をした時に同じ道を通って行き、

刑死した有間皇子を偲んで、柿本人麻呂は有間皇子の刑死を知らぬ気に詠んでいます。しかし有間皇子の故亡き死を十分に知っていて、後世に伝えようとの思いが人麻呂の内面に燃えていたことでしょう。また『柿本人麻呂歌集』から人麻呂の歌を選んで『万葉集』に入れた編集者は、少なくとも有間皇子の故無き刑死の事実、皇位継承にまつわる闇の部分を伝えようとしたのだと思われます。

(6) 壬申の乱と高市皇子

壬申の乱は古代最大の乱です。

朝鮮の南西部で唐と新羅の連合軍を相手に、百済と共に戦った白村江の戦（六六三年）では中大兄皇子と大海人皇子《おおあまのみこ》は協力していました。戦に敗れるや、都を港から遠い近江に移し、やがて中大兄皇子が天智天皇として即位し、弟の大海人皇子は皇太子になりました。ところが日々、育ってゆく我が子、大友皇子の優秀さに気付いた天智天皇は皇位を弟の大海人皇子でなく大友皇子に継がせたいと思い始めました。

そして大友皇子を天智十（六七一）年に太政大臣に任命したことから、天智天皇が我が子、大友皇子に皇位を継がせたいと強く願っていることを大海人皇子は知るのでした。

その年の内に病床に伏した天智天皇が大海人皇子を呼びました。使者の蘇我安麻呂は大海人皇子に、
「言葉にお気を付けください」
と忠告しました。皇位を継ぐと言えば捕えられるか殺されるかだったのです。そこで大海人皇子は天智天皇に、
「政は大友皇子に」
と進言し、帰宅するや急ぎ、吉野に籠ってしまいました。そのため事なきを得て近江朝は大友皇子を中心に動いて行きました。

しかし、天智天皇が亡くなると、吉野に籠って密かに戦の準備をしていた大海人皇子は立ち上がり、嫡子の高市皇子を総指揮者としていくさを仕掛け、東国の豪族を味方につけて、ついに戦に勝ち、大友皇子を自殺に追い込みました。これが壬申の乱です。

戦に勝った大海人皇子は飛鳥の浄御原で即位しました。天武天皇です。

壬申の乱で父、天武天皇の右腕となって戦った高市皇子は太政大臣としてその威を振るいました。

その高市皇子が亡くなった時、柿本人麻呂は『万葉集』にある挽歌の中で一番長い長歌

を詠みました。

史上初の天下の大乱である壬申の乱は柿本人麻呂がどうしても書き残したかった事件だった証です。その挽歌（巻二―一九九）を要約しますと、

「天武天皇は天降《くだ》って天下を治め、乱暴する人を和らげ、服従しない国を治めるための戦いを高市皇子にお任せになりました。

高市皇子は太刀を帯び、弓を持ち、兵士を励まし、鼓を雷のように打ち、角笛を虎の吠えるほどに吹き、多くの旗をなびかせて戦い、敵軍を降しました。こうして天武天皇は世を治め、高市皇子は政事を執行なさいました。

その高市皇子が高々と永遠の御殿をお造りになり、神としてお鎮まりになられました。大空を振り仰ぎながら高市皇子をお偲び申し上げております」

といった内容が詠まれています。そしてその返歌は、

ひさかたの天《あめ》知らしぬる君ゆゑに日月《ひつき》も知らに恋ひ渡るかも　（巻二―二〇〇）
――亡くなられ、天上をお治めになる高市皇子を月日の経つのも知らずに恋い慕い続けていることです――

このように柿本人麻呂は、どんな事件も深みに踏み込まず、批判せず、官人らしくあっさりと挽歌として詠みながら、古代天皇家の血の争乱の事実を伝えたのです。

●柿本人麻呂の代表歌

斎藤茂吉、山本健吉、久松潜一、中西進、松尾聰の五人が柿本人麻呂の代表歌として選んだのは次の二首です。

東《ひむがし》の野に炎《かぎろひ》の立つ見えて　かへり見すれば月かたぶきぬ　（巻一―四八）

――東の野にあけぼのの光りがさし初めて、ふり返ってみると月が沈もうとしている――

この歌は軽皇子が安騎《あき》の野に宿った時、伴をしていた柿本人麻呂が、夜明けの広大で美しい風景と、その色彩や空気の感覚まで詠んだものです。

淡海《あふみ》の海夕波千鳥汝《な》が鳴けば情《こころ》もしのに古《いにしへ》思ほゆ　（巻三―二六六）

――淡海の海の夕波に触れるばかりに飛ぶ千鳥の鳴く声を聞くと、心がしおれ、近江の都の栄えていた昔のことがしみじみと思い出される――

白村江の戦いの後に遷都して誕生した近江朝は壬申の乱で滅び、都は飛鳥へ移ってしまいました。夕暮れ時に、千鳥の鳴く声を聞きながら、寂れてしまった近江朝の都の跡にたたずんだ柿本人麻呂は夕暮れの大景に溶け込みながら、移り行く無常の事実をただ感じ取っています。

このように柿本人麻呂は、世の人々の営みに優しい眼差しを投げ、悲しみを秘めながら限りなく懐かしい人の世の事々を常に詠んでいたのです。

●柿本人麻呂の愛と死

柿本人麻呂の愛の歌は心に沁みるものばかりです。例えば、妻に死なれて慟哭して詠んだ歌、

夏野ゆく牡鹿の角の束の間も妹《いも》が心を忘れて思へや　（巻四―五〇二）

――夏野を行く牡鹿の短い角のように、ほんの束の間もあなたの心を忘れていることはありません――

秋山に黄葉《もみぢ》を茂み迷ひぬる妹《いも》を求めむ山道《やまぢ》知らずも　（巻二―二〇八）

――秋の山の黄葉が茂っているので、迷い込んでしまった妻を探し求めようとしても山道が分からないのです……――

この反歌の前に、亡くなった妻を求めていつも妻が行っていた軽の市に佇んでいると、畝傍《うねび》の山に鳴く鳥の声は聞こえても、妻の声は聞こえず、道行く人も一人として妻に似ていないので、妻の名を呼んで袖を振ったことです、との長歌があります。

小竹《ささ》の葉はみ山もさやにさやげどもわれは妹思《いもも》ふ別れ来ぬれば　（巻二―一三三）

――笹の葉はさやさやと風に揺られているが、私はただ別れて来た妻のことだけを思っている――

など、旅の途上であれどこであれ、柿本人麻呂は、人間らしい無限の優しさをみせる歌を詠み、また死の寸前に詠んだ歌として、

鴨山の磐根《いはね》し枕《ま》ける吾《われ》をかも知らにと妹《いも》が待ちつつあらむ　（巻二―二二三）

――この鴨山の磐を枕にして横たわっている私のことを知らずに、妻は私の訪れを待ち焦がれていることだろう――

と妻を偲ぶ死の寸前の歌があり、人麻呂は今に至るまで多くの人に愛され、その研究者も数知れずおります。

柿本人麻呂の歌の多くを『万葉集』に掲載したのは、柿本人麻呂の歌が、大伴旅人や大伴家持の、「ありのままの事実を、一部の権力者に咎められ消されてしまうことなく後世に伝えたい」との強い願いに叶う歌であったからに違いありません。

柿本人麻呂の歌が、史実を詠んでいるとの視点で論じたのは史上、私のこの文が初めてです。

第十二章　『万葉集』の最古の歌と書名

●五世紀前半の歌

『万葉集』の中の最古の歌は巻二の巻頭にある磐姫《いわのひめ》の歌です。

磐姫は仁徳天皇の皇后で五世紀前半の人です。磐姫の歌として『万葉集』に記載されている歌は次の四首です。

難波高津宮《なにわのたかつのみや》に天《あめ》の下《した》知らしめしし天皇《すめらみこと》の代《みよ》

君が行き日《け》長くなりぬ山たづね迎へか行かむ待ちにか待たむ　（巻二―八五）

歌の前に書かれている難波高津宮は仁徳天皇の皇居ですから磐姫が仁徳天皇の皇后であることが分かります。

この歌は相聞《そうもん》の歌で、仁徳天皇がなかなかお帰りにならないのを待ちかねている磐姫の気持ちが詠まれています。

相聞とは互いに聞くです。この言葉から愛についての古代人の思いが分かります。一方的に片方だけが思いを押し付けたり話を聞かせたりするのは本当の愛ではない、互いに相手の言葉に耳傾けることが愛だという相聞の言葉が素晴らしい。

他の磐姫の歌は、

かくばかり恋ひつつあらずは高山の岩根し枕《ま》きて死なましものを　（巻二―八六）

――こんなに恋焦がれていないで、あの高い山の岩を枕にして死んでしまえばよかったのに（死ねないで待っています）――

ありつつも君をば待たむうちなびくわが黒髪に霜の置くまでに　（巻二―八七）

――このままあなたをお待ちしましょう。なびくほど豊かな私の黒髪が白くなるまで――

秋の田の穂の上《へ》に霧《き》らふ朝霞いつへの方にわが恋ひやまむ　（巻二―八八）

――秋の田の稲穂の上にかかっている朝霧が消えてゆくように、いつになったら私の恋が消えるのでしょうか――

『万葉集』の歌で分かる歌については必ず年代順に並べられています。しかし磐姫の歌は、『万葉集』中最古の歌でありながら『万葉集』の巻一の巻頭でなく巻二の巻頭に掲載されています。

古い順なら磐姫の歌は巻一の巻頭でも良いはずですが、『万葉集』を編集した八世紀には天皇の称号が既に使われていたため巻二に置かれたのかも知れません。

と言いますのは、天皇の権力が絶大で、編集者が天皇の歌を巻一の巻頭に置きたかったのだと思われるのです。

既述しましたが、天皇とは天皇星のことで北極星を指します。

天空の全ての星が北極星を中心にして回っていることを古代人は既に知っていました。ですから天皇は全てを統べる最高権力者を意味し、それまでの大王《おおきみ》とは比較にならない強力な権力を持っていました。

大体、王《きみ》とは和語でグループのリーダーのことです。そしていくつものグループのリーダーが集まった時のリーダー、要するにリーダーの中のリーダーが大王です。

ですから同列の人々の中で中心になっているのが大王です。

しかし天皇は天皇以外の全ての人の生命与奪の権利を持っているほどの絶対的な権力の保持者です。

ですから磐姫の歌は『万葉集』の中で最古ですが、最高権力者である天皇には及びませんので第二巻の巻頭に掲載されたのではないかと思われます。

それに四首全てが磐姫の歌かどうかはっきりしていませんので、そのことも大いに参考にされ、第二巻に置かれたのかも知れません。

●五世紀後半の歌

泊瀬《はつせ》朝倉宮《あさくらのみや》に天《あめ》の下《した》知らしめしし天皇《すめらみこと》の代《みよ》　大泊瀬稚武《わかたけ》天皇の御製歌《おほみうた》

籠《こ》もよ　み籠持ち　掘串《ふくし》もよ　み掘串持ち　この丘に　菜摘ます子　家聞かな　名告《の》らさね　そらみつ　大和《やまと》の国は　おしなべて　われこそ居れ　しきなべて　われこそ座《ま》せ　われこそは告らめ　家をも名をも　（巻一―一）

――良い籠を持って、良い掘串を持って。この丘で菜を摘んでいられる娘さん。あなたの家はどこですか。言いなさい。大和の国は私がすべてを従え、一面に治めています。こんな私に教えるでしょうね。あなたの家も名も――

この雄略天皇の歌が『万葉集』巻一の巻頭の歌です。

巻頭にのびやかな天皇の歌があれば、朝廷の方々に、

――この歌集は厳重に注意せよ――

といった警戒の念を持たれないで済むということです。『万葉集』の先頭に古歌である天皇のおおらかな歌を置いた編集の意図が見て取れます。

泊瀬の朝倉宮は奈良県桜井市にあった雄略天皇の皇居で雄略天皇は五世紀後半の天皇です。

この歌は雑歌に分類されています。

雑歌とは古くから伝来した楽や舞に合わせて謡われていた歌、または相聞でも挽歌でもないその他の歌のことです。

ここでは長い間、天皇の歌として歌われ、伝承されてきた歌ということになります。伝承通り天皇の歌らしく統治する者ののびやかな自信にあふれた歌です。

●六世紀後半の歌

上宮聖徳皇子《うえのみやしやうとこのみこ》、竹原井《たかはらのゐ》に出遊《いでま》しし時、龍田山の死《みまか》れる人を見て悲傷《かなし》びて作りませる御歌一首

家にあらば妹が手まかむ草枕旅に臥《こや》せるこの旅人《たびと》あはれ　（巻三―四一五）

――家にいたら妻の手を枕にしていただろうに、草を枕に倒れている旅人の可哀想なこと――

この歌は聖徳太子の挽歌です。

挽歌は死者を哀悼する歌です。聖徳太子は六世紀後半の方で飛鳥の上宮に住み、女帝推古天皇の摂政です。

旅先で倒れた死者を哀れと悼むこの歌からも聖徳太子の優しさがわかります。

聖徳太子の時代は、『万葉集』を編纂した八世紀の一五〇年程前ですが、この古歌はどのようにして伝承されたのでしょうか。

今から七十年余り前によく歌われていた軍歌でさえ、一文字も間違えずに歌える人がいったい何人いるでしょうか。文字のある現代でさえ完全に覚えていないのですから、文字も

紙も無かったとされる五世紀や六世紀の歌を人はどのようにして伝承したのでしょうか。

●紙の伝来

日本に紙の製法を伝えたのは七世紀の曇徴《どんちょう》という僧です。日本人は優秀で紙の製法が伝わるや、すぐに改良を重ね、早くも奈良時代（ほぼ八世紀）には和紙を作り出し、当時の和紙が正倉院に保管されているそうです。

諸説ありますが、中国では少なくとも二世紀には紙がありましたので、場合によっては七世紀以前に紙が日本にも伝わっていたかも知れませんが、はっきり分かりません。とにかく紙は貴重で庶民が使えるものではありませんでした。

●漢字の伝来と『万葉集』

『三国志』の中の「魏志倭人伝」によりますと、二世紀後半から三世紀にかけての耶馬台国の時代に魏の国は倭国と使者を往来させていたということです。

当時すでに外交には文書が必要でしたから、中国文字の分かる人が倭国にいたことになります。

日本で見られる最古の文字は既述しましたが、埼玉県の稲荷山古墳と熊本県の船山古墳から出土した鉄剣に書かれていた「獲加多支鹵大王」の文字で、ワカタケル大王は二十一代の雄略天皇のことですから五世紀後半の人です。

この鉄剣は、朝廷が支配している各地域に天皇の名を刻んだ鉄剣を贈ったものの内の二本が無事に出土したと考えられています。

ですから、和風のワカタケル大王の名を漢字の音を借りて表現することは、五世紀の後半に朝廷内では既に行われていたということです。すなわち、万葉仮名の表記方法が五世紀後半にはすでに成立していたということです。

漢字は第十五代応神天皇（四世紀後半〜五世紀）の時、百済から王仁が『論語』十巻と『千字文』一巻をもたらせた時に伝わったと『古事記』『日本書紀』『古語拾遺』などに書かれています。

後に中大兄皇子が中心になって大化の改新（六四五年）を行い、世の中が急変してまもなく、唐と新羅の連合軍に攻められた百済の王子豊璋《ほうしょう》が日本に救援を求めましたので、日本は六六三年、百済救済のため水軍を出し、白村江で唐の水軍と戦って敗れ、百済は亡びました。

このことから、人々は勝った中国を崇拝し、中国風にすることが進歩的であるような風潮を作り出しました。

朝廷内では、それまで天皇の住まいは御所だった可能性が大ですが、中国風に宮中とするなど、和の文化を否定し、宮中で詠む正式な歌は漢詩とし、表記は漢文としました。さらに挨拶や生活様式も中国風に近づけるといった雰囲気でした。

否定されている和の文化である歌によって、歴史的事実を伝えようとする『万葉集』の編集者たちが、編集した歌集を焼かれてしまわないよう、最大の警戒心を以て対処していたことが察せられます。

このように、朝廷で漢字を正式に使い出したのは大化の改新以後のことで、七世紀後半と考えられます。

第十三章　防人の歌

●防人の時代

『万葉集』の中に、防人の家族との別れや望郷の思い等を率直に詠んだ歌があります。

防人とは、飛鳥時代（六世紀末〜七世紀前半）から平安時代にかけて置かれた北九州の守備に当たった兵士です。

防人は主として東国から徴兵され、食料は支給されず、自分で工面しなければなりませんでした。

その上、防人の任務から解放されても、東国までの帰路は保障されませんでしたので、東国までたどり着かずに行き倒れたり、乞食や盗賊になるしかない、哀れな末路をたどる人が多かったようです。防人は東国と日高見国（東北の独立国）との境にも置かれていましたが、東北の防人の歌は残っていません。

とにかく、防人として徴兵されるのは働き盛りの男性でしたから、残された家族の生活は困難を極めるのが普通でした。

●防人の歌の数

防人とは崎守のことで辺土を守る人の称です。

『万葉集』の巻十四に、作者不明の防人の歌が五首、巻二十に長歌も含めて作者の分かっている防人の歌が一〇七首あります。他に、磐余伊《いわれのい》美《み》吉《き》諸君《もろきみ》が書き写していた、既に先年故郷に帰った作者不明の防人の歌九首があり、計一二一首の防人の歌が掲載されています。防人の制は二百年以上続いていましたので、少なくとも二〇〇〇首以上の防人の歌が詠まれていたはずですが、残っているのは『万葉集』に掲載されている歌だけです。特に庶民の多い防人の歌の作者名が、殆ど分かっていることは世界的に見てすごいことです。

防人の歌は、兵部少輔で七五四（天平勝宝六）年に防人交替の業務を担当していた大伴家持（七一七〜七八五）が、東国から召集された防人や三年の任務を終えて故郷へ帰った防人の残していった歌を『万葉集』に収録したことで、後世に伝わりました。

防人の歌が伝えられたのも、この世のありのままの事実を後世に伝えたい、と願って『万葉集』を編集した、大伴旅人や家持の思いの強さ故と仰ぎ見ないではいられません。

●白村江の戦いと防人の制

倭国（六七〇年代までの日本の呼称）が友好関係を結んでいた百済を、新羅の要請を受け入れた唐の高宗が新羅と連合軍を組織し、攻め滅ぼしました。

それまで倭国は、新羅と百済の対立を利用して両国の産物を調（租税）として貢がせていました。しかし、百済が滅んだことで貢物が途絶えてしまいました。

天智天皇二（六六三）年に倭軍は、百済の残留兵や船を集結させた百済軍と連合し、白村江（朝鮮南西部今の群山付近）で唐と新羅の連合軍と戦いました。が、惨敗してしまいました。

朝廷では、唐と新羅の連合軍が必ず我が国に攻め寄せると考え、筑紫や壱岐、対馬の守りに兵士を常置する防人の制を定め、三年交代で北九州を守らせました。当初は三年で交替しましたが、長びくにつれ、何年経ったら防人の任務から解放されるか分からなくなっていきました。

●防人の歌

(1) 防人の出立を詠んだ歌

わが妻も絵に描《か》きとらむ暇《いづま》もが旅行く我は見つつしのはむ
長下郡《ながしも》の物部古磨《もののべのこまろ》（巻二十―四三二七）
――私の妻を絵に書く暇が欲しい。旅に行く私はそれを見て妻を偲びたいから――

防人として九州へ行け、と命令されて数日か二、三日か分かりませんが、考える間も、家族と別れを惜しむ間も与えられずに旅立たねばならなかったことが分かります。似顔絵や一筆画ならさして時間がなくても書けるはずです。そんな時間もなかったのでしょうか。ただ絵に描くには紙が必要です。この歌は古歌となっていますので、家持の時代より前の七世紀としても、無理すれば粗悪ではあっても紙を手に入れられるほど紙が普及していたのかも知れません。

水鳥の発《た》ちの急ぎに父母《ちちはは》に物言《はは》ず来《け》にて今ぞ悔しき
上丁有度部牛麿《かみつよぼろうとべのうしまろ》（巻二十―四三三七）
――水鳥の立つ時のような騒ぎに、父母に別れの言葉を言わずに来てしまって、今しみじみ後悔される――

あまりに急な別れだったので「今までありがとう」とか「体を大事にして」とか「元気で帰りを待っていて」とか言いたいことがいっぱいあったのに、何も言えないで別れてきてしまった、それが悔しい、と父母に伝えたかった言葉を繰り返し思いながら父母を偲ぶ心のこもった歌。

芦垣の隈処《くまと》に立ちて吾妹子《わぎもこ》が袖もしほほに泣きしそ思《も》はゆ

上丁　刑部直千国《おさかべのあたひちくに》（巻二十―四三五七）

――芦垣の隅に立ち、妻が袖を濡らして泣いていた姿が思い出される――

出立する夫を見送り、泣き続けていた妻の姿が忘れられない、と詠む夫。命じられて、別れたくない妻と別れ、遠く旅発つ夫の悲しみ、送る妻の悲しみ。こんな涙を流さずに済む世の中であってほしいと望みながら、家持はこの歌を選んだに違いありません。

大君の命《みこと》かしこみ出で来れば吾《わ》ぬ取り著《つ》きて言ひし子なはも

上丁物部龍《たつ》（巻二十―四三五八）

――天皇の命令を慎んで受け、家を出てくると、私に取りついていろいろ言った子が思われてならない――

天皇の命令を謹んで受けて家を出ようとした時、私に取りついていろいろ言っていた我が子との別れが限りなく悲しい。

韓衣《からころむ》裾に取りつき泣く子らを置きてそ来《き》ぬや母《おも》なしにして

他田舎人《おさだのとねり》大島（巻二十―四四〇一）

――衣に取りすがって泣く子を置いてきてしまった。その子の母もいないのに――

私の着物の裾に取りついて行かないで……と泣いていた母の無い子が思い出される。あの子は今どうしているだろうか……。と手を差し伸べるすべもない、旅の途上で我が子を思う深く悲しい愛……。

(2)　妻を思う歌

吾妻《わが》はいたく恋ひらし飲む水に影《かご》さへ見えて世に忘られず
若倭部身麿《わかやまとべのむまろ》（巻二十—四三二二）

——私の妻は私を恋い慕っているらしい。飲む水に影（妻の姿）が見えてどうにも忘れられない——

作者が妻を忘れられないでいる。妻もまた夫を忘れられない日々を送っているに違いない。別れたくない二人の生別はあまりにも悲しい。

吾等《わろ》旅は旅と思《おめ》ほど家《いひ》にして子持《こめ》ち痩《や》すらむ我が妻かなしも
玉作部廣目《たまつくりべのひろめ》（巻二十—四三四三）

——自分の旅はこれが旅だと思ってあきらめるけど、子を持って痩せているだろう妻がしみじみ愛《いと》しい——

自分がいなくなって一人で子を育て、家のやりくりをしている妻は痩せてしまっているだろう。どうか無事でと思う気持ちを伝える手立ても無いままに深く愛《いと》しい妻を思う……。

筑波峰《つくはね》のさ百合《ゆる》の花の夜床《ゆとこ》にも愛《かな》しけ妹《いも》そ昼も愛《かな》しけ

上丁大舎人部千文《おほとねりべのちふみ》（巻二十―四三六九）

――筑波峰のさ百合の花のように、夜床で愛しかった妻は昼も愛しい――

小百合のように夜床で愛《いと》しかった妻が昼も愛しい、妻は今、どうしているだろうか。

ひなくもり碓日《うすひ》の坂を越えしだに妹が恋しく忘らえぬかも

他田部子磐前《おさだべのこいわさき》（巻二十―四四〇七）

――碓日の坂を越えただけで妻が恋しく忘れることができない――

家を出、碓日の坂を越えただけで、もう妻が恋しい。これから長い長い別れの日が始まるというのに。

小竹《ささ》が葉のさやく霜夜に七重《ななへ》かる衣《ころも》に益《ま》せる子ろが膚《はだ》はも

昔年《さきつとし》の防人の歌　（巻二十―四四三一）

――笹の葉のざわめく霜夜に七枚も重ねて着る着物に勝る妻の膚だった。そのぬくもりが思い出される――

(3)　父母を思う歌

大君の命《みこと》畏み磯に触《ふ》り海原《うのはら》渡る父母を置きて

助丁丈部造人麿《すけのよぼろはせつかべのみやつこひとまろ》　（巻二十―四三二八）

――天皇の命を謹んで受け、磯に触れ、海原を渡って行く。父母を故郷に置いて。父よ、母よ、無事で安らかに暮らしてください。私が防人に行くのは父母のためです――

忘らむて野行き山行き我来れど我が父母は忘れせぬかも

商長首麿《あきのおさのおびとまろ》　（巻二十―四三四四）

――忘れようと野を行き山を行き、私は来たけれど、父母の姿は忘れられない――

忘れようと野山を越えて遠く来たけれど、父や母は私に忘れさせようとしないことだ、と親を思い続ける子。

父母が頭《かしら》かき撫で幸《さ》くあれていひし言葉《けとば》ぜ忘れかねつる

丈部稲麿《いなまろ》（巻二十―四三四六）

――父母が頭を撫でながら幸せでいてくれ、と言った言葉が忘れられない――

十代の少年かも知れない。出立に当たって父母が頭を撫ぜ「幸せで」などと言った言葉も、手の温もりも、優しいまなざしも忘れられないと。旅の途上ずっと父母を思い続ける子、別れを深く悲しみながら……。

父母《ちちはは》も花にもがもや草枕旅は行くとも捧《ささ》ごて行かむ

丈部黒當《くろまさ》（巻二十―四三二五）

――父母が花だったら草を枕とする旅に捧げて共にゆくのだけれど……父母と別れて行か

なければならない――

(4) 旅の歌と神宮について

橋の美袁利《みをり》の郷に父を置きて道の長道《ながて》は行きかてぬかも

丈部足麿《たりまろ》（巻二十―四三四一）

――橋の美袁利の郷に父を置いて、長い道のりは行きがたいことである――

橋の郷にたった一人の父を置いてきたが、父を思うと、これからの長い道のりが行きがたい。すぐにも父の許に帰って面倒を見てあげたいから……。

百隈《ももくま》の道は来にしをまた更に八十《やそ》島過ぎて別れか行かむ

助丁刑部直三野《みの》（巻二十―四三四九）

――多くの曲がりくねった道を来たけれど、更に多くの島々を過ぎてさらに遠くへ別れてゆく……――

たくさんの曲がりくねった道を来たけれど、これからさらにたくさんの島を通り過ぎてあまりにも遠くへ別れてゆくことが悲しい。

霰《あられ》降り鹿島《かしま》の神を祈りつつ皇御軍《すめらみくさ》に我は来にしを

上丁大舎人部千文（巻二十―四三七〇）

――鹿島の神に祈りながら天皇の軍隊の一員として出かけて来た――

鹿島神宮は常陸国（茨城）の一の宮で祭神は建御雷神《たけみかづちのかみ》、経津主神《ふつぬしのかみ》、天児屋根命《あめのこやねのみこと》です。建御雷神は天照大神の命令で布津主神と共に出雲の国に行き、大国主命に説いて国土を皇孫瓊瓊杵尊《ににぎのみこと》に奉還させた神です。

経津主神は利根川をはさんで鹿島神宮の真向かいに建っている香取神宮の祭神で刀剣の神です。

天児屋根命は中臣氏（後の藤原氏）の先祖神です。

藤原氏自身は関西の出身としていますが、鎌足の邸跡が鹿島神宮の近くにあり、現在鎌足神社になっていること、春日大社の大祝詞などに藤原氏が鹿島神宮より春日山に向かったことなどが書かれています。日本の古代史が一般に知られている史実と違っているのです。

明治の初めまで神宮は鹿島、香取、伊勢の三神宮だけで、出雲大社、諏訪大社のように、この三社以外は神宮を名乗れませんでした。神宮とは大和朝廷成立に大功のあった神社のことです。そして香取・鹿島神宮は伊勢神宮より五〇〇年前に成立していた神宮です。

明治になって明治神宮、平安神宮、橿原《かしはら》神宮など神宮を乱立し、香取神宮、鹿島神宮の歴史を煙に巻いてしまいました。が、『万葉集』に鹿島の神が防人に徴集された庶民により詠まれていることは、考古学上重視すべきことであると私は思います。

第十四章　伝統文化を守った柿本人麻呂

●柿本人麻呂の生きた時代

柿本人麻呂の生きた時代は激変の時代でした。人麻呂の生没年は分かっていませんが、いつ詠まれたか分かる歌からその時代を推定できます。

柿本人麻呂の詠んだ歌で制作年代が明記されている最も古い歌は、草壁皇子（天武天皇の皇子）の亡くなった六八九年の挽歌（後述）で、最も新しい歌は、天智天皇を父とする明日香皇女の他界を悼んで文武四（七〇〇）年に詠んだ挽歌です。その「飛ぶ鳥の明日香の川の上つ瀬に……」（巻二―一九六）の長歌に付けた反歌、

明日香川しがらみ渡し塞《せ》かませば流るる水ものどにかあらまし（巻二―一九七）

――明日香川に流れをせき止める杭を渡せば流れる水もゆったり流れるだろう――

明日香川明日だに見むと思へやも我が大王《おほきみ》の御名忘れせぬ　（巻二―一九八）

――あすにもお逢いしたいと思うからなのか、明日香皇女の御名は忘れられない――

天智天皇の皇女・鵜野《うの》皇后は六九〇年に即位されて持統天皇となり、その四年後に藤原宮に遷都されましたが、藤原宮時代の柿本人麻呂の歌はありませんので遷都以前に亡くなったものと思われます。

藤原宮遷都の四十九年前、中大兄皇子（後の天智天皇）が蘇我氏を滅ぼした大化の改新（六四五年）が行われました。聖徳太子と蘇我馬子等の撰による『天皇記』は蘇我氏の館に置かれていましたが、蘇我蝦夷が中大兄皇子らに攻められ、自邸を焼いて自害した時に焼失してしまいました。『国記』は救い出されましたが現存していません。この大化の改新の前後頃、子供だった柿本人麻呂は蘇我氏滅亡の話を聞き、強烈な印象となって記憶に残っていたかも知れません。

大化の改新から十八年の後、既述しましたが、日本水軍と百済の連合軍が、唐と新羅の連合軍と白村江《はくすきのえ》で戦って敗れ（六六三年）、天智天皇は急ぎ都を近江に移し近江朝を開きました。

そこで七年余り政務をとられた天智天皇が崩御されますと、天智天皇の皇子大友皇子と、弟大海人皇子が皇位を争って戦い（壬申の乱　六七二年）、大海人皇子が勝利し、大友皇子は自害し、翌六七三年、大海人皇子は都を近江から飛鳥の浄御原《きよみはら》に移して即位しました。天武天皇です。

天武天皇は、宮廷内での衣服や礼法を中国風にし、都を中国風に造り、官人は武装を整え、乗馬に習熟することとし、諸氏の由来を皇祖神から連なる天皇の系譜に繋ぎ、新しい身分制度を敷いて秩序を守るための冠位制を施行し、天皇を中心とする支配層の結束を図り、祭祀権を天皇に集中させ、寺院の僧尼は国家のためのものと位置付けるなど、強大な皇権を確立させ、豪族層を集合し、中央集権国家と天皇制の基礎を固めました。こうして唐に太刀打ちできる国家建設に力を注いだのです。

●天皇制の基礎

天武天皇は天皇制の基礎を固めた第一の功労者と言えます。

柿本人麻呂が下級官吏であった七世紀末、すなわち天武、持統期に天皇の称号が使われ出し、同時に大王《おおきみ》を神格化し、現人神《あらひとがみ》とし、さらに天皇の称号を制度化し、大和国を天孫の治める国であると周知せしめ、律令制を敷きました。
天智天皇が崩御された時、舎人吉年《とねりのきね》は凛々しい天智天皇が乗られた船が辛崎《からさき》の港に入ってくる勇壮な様子を思い出し、辛崎の港がその船を待ち焦がれていると詠みました。

やすみししわご大王の大御船待ちか恋ふらむ志賀の辛崎　（巻二―一五二）

――天皇がお乗りになられた御船を待ちこがれていることであろうか。志賀の辛崎は――

さらに吉野の宮に天皇が行幸された時の柿本人麻呂の、

やすみしし我が大王神ながら神さびせすと……　（巻一―三八）

――我が大君は神であるから神らしく振る舞われて……――

の長歌の反歌に、

山川も依りて仕《つか》ふる神ながらたぎつ河内に船出せすかも　（巻一―三九）

――山や川の神まで相寄ってお仕えする神である持統天皇は、吉野川の激流の深い淵に船出遊ばされる――

皇《おほきみ》は神にし坐《ま》せば真木《まき》の立つ荒山中《あらやまなか》に海を成すかも（巻三―二四一）

――天皇は神でいられるので、立派な木が茂っている荒れた山の中にも、湖をお造りになられた――

と詠みました。神である王権の偉大さを歌い上げたのです。天皇は神であると詠むことは、天皇の強力な権力保持に役立つことでした。

このように柿本人麻呂は、天皇は神であると繰り返し歌い、山や川など大自然も天皇にお仕えし、天皇は湖を御造りになった、と歌いました。

●天皇の称号

天皇の称号を使ったのは天武天皇が最初です。天皇神格の思想を形成したのです。

大王《おおきみ》はリーダーの中のリーダーのことですから相対的ですが、天皇とは天皇星（北極星）

のことで、全ての星が天皇星を中心に回っているように、天皇は絶対的な存在の称号です。万葉の歌の中の柿本人麻呂の歌を読んで行くと、中央集権国家や天皇制の基礎が固められて行く過程が見えてきます。

●持統天皇に草壁皇子の挽歌を捧げる

天武天皇は、鵜野皇后との間に恵まれた草壁皇子を皇太子にしていました。しかし草壁皇子は気力も体力も弱弱しかったため、天武天皇が倒れた時点で、従弟の大津皇子を天皇にと推してはばからない人々がいました。

しかし鵜野皇后はわが子、草壁皇子の皇位継承を望んで皇后のまま国政を取り（称制）、草壁皇子の成長を待ち、大津皇子を謀反の名のもとに捕え殺害までしました。優秀な大津皇子を殺してまで守りたかった草壁皇子への譲位でしたが、草壁皇子は二十八歳で逝ってしまいました。

我が子に先立たれた傷心の鵜野皇后に、柿本人麻呂は草壁皇子の挽歌を捧げました。

天地の初めの時　ひさかたの　天《あま》の河原に　八百万《やほよろづ》　千万《ちよろづ》神の　神集ひ　集ひいま

して　神分《はか》り　分りし時に　天照らす……　（巻二―一六七）

――お治めになる神として、天雲をかき分けておくだりになられた日並み御子・草壁皇子は、浄御原で立派に御統治なさる、国とされて高天原の岩戸を開き、お隠れになってしまわれた……――

反歌、

あかねさす日は照らせどもぬば玉の　夜渡る月の隠《かく》らく惜しも　（巻二―一六九）

――大空に月は照っているが、夜空を渡る月が隠れるのが惜しいように皇子のお隠れになられたのは残念でならない――

と、草壁皇子の死を悼み、柿本人麻呂は天下万民が草壁皇子を新しい天皇として即位される日を待ち望んでいたと、鵜野皇后の心に響く挽歌を詠んで捧げたのです。

その後、柿本人麻呂は、草壁皇子の子であり持統天皇の孫である軽皇子が安曇野に宿った時の長歌（略）と、長歌に添えた短歌を持統天皇に献上しました。

日並皇子《ひなみしのみこ》の命《みこと》の馬並《な》めて御狩《みかり》立たしし時は来向かふ　（巻一―四九）

――今は亡き日並皇子（草壁皇子）が馬を並べて御狩にお出かけになった、その時刻が今、やってきて軽皇子のお姿がありし日の日並皇子を思い出させます――

草壁皇子に逝かれた鵜野皇后は藤原宮に移り、軽皇子の成長を待つため即位しました。持統天皇です。

こうして持統天皇の開かれた藤原宮は持統天皇の後、文武、元明、元正天皇と続き十六年間の都となりました。

●天皇の御製歌《おおみうた》

藤原宮に移られ、即位された持統天皇は、

春過ぎて夏来《きた》るらし白たへの衣干したり天の香具山　（巻一―二八）

――春が過ぎて夏がやって来たらしい。真っ白な衣が香具山に干してある――

と詠まれました。日の光の中での緑と白の鮮やかな色彩の対比が素晴らしい。さわやかな季節感を詠んだ歌としては抜群で、『万葉集』中の魁です。

注意すべきはここに天皇の称号と御製歌との言葉が使われていることです。この表記は、天皇やその周辺の人々を喜ばせたと思われます。

持統天皇は夫、天武天皇の遺志を引き継いで政務をこなしつつ、軽皇子の成長を待って七年間を過ごし、軽皇子が十五歳になると譲位しました。文武天皇です。この持統天皇の時代に柿本人麻呂の歌が集中していますので、持統天皇の時代が柿本人麻呂の活躍期でした。

●柿本人麻呂の作風

柿本人麻呂の歌は、皇子や皇女の死に際しての挽歌や天皇の行幸の供奉《ぐぶ》の歌など、『万葉集』に掲載されている歌の中で、数の多さは『万葉集』中随一です。柿本人麻呂の歌は雑歌や挽歌が多く相聞は少なく、枕詞、対句を駆使し、華麗で緊張感があり、修辞を尽くした独自の作風で、歌は抒情詩として成熟していると言われています。

●柿本人麻呂の挽歌・行幸の供奉の歌

持統天皇が吉野へ行幸された時、柿本人麻呂は「大君は神にしませば……」と詠み、王権の偉大さを歌い上げました。

柿本人麻呂は壬申の乱で大海人皇子（後の天武天皇）を勝利させた功労者、高市皇子の挽歌も詠んでいます。

ひさかたの天《あめ》しらしぬる君ゆゑに日月《ひつき》も知らず恋ひ渡るかも　（巻二―二〇〇）

――亡くなられ、天上をお治めになられてしまった高市皇子を、月日のたつのも知らずに恋ひ慕い続けている――

軽皇子の安騎《あき》の野に宿りましし時、柿本人麻呂の作れる歌

やすみしし　わが大王　高照らす　日の皇子　神ながら　神さびせすと　太しかす
京《みやこ》をおきて……（後略）　（巻一―四五）

――我が大王の軽皇子は神であるままに、神らしく振る舞われて立派に治めていられる都を後にして……――

短歌、

東《ひむがし》の野に炎《かぎろひ》の立つ見えて　かへり見すれば月かたぶきぬ　（巻一―四八）

――東方にあけぼのの光りがさし初めるのが見えて、振り返ると月が傾いて山に入ろうとしている――

なんという美しくのびやかな歌でしょう。

●記録されていた歌

漢字の伝来は四世紀前半から五世紀で応神天皇の時ですが、大和朝廷が漢字を正式に使い出したのは大化の改新（六四五年）以後ですから、柿本人麻呂歌集が成立した七世紀前半には朝廷ではまだ漢字を使っていませんでした。

歌は口承で伝えられていて大化の改新の後に記録するようになったとされていますが、長歌なども含むおびただしい柿本人麻呂の歌が口承で伝えられたはずがありません。柿本人麻呂は日本にあった古代文字で書き残していたはずです。

●柿本人麻呂の歌が『万葉集』中最多の理由

柿本人麻呂の古代文字で書かれていた歌を、大伴旅人や家持らが万葉仮名に改めて『万葉集』に編集しました。

では、なぜ編集者は柿本人麻呂の歌を最も多く掲載したのでしょうか。

柿本人麻呂は――和語や五七調のリズムを絶やしてはならない、そのためには絶対権力者である皇室の方々の挽歌を詠んで捧げ、歌は素晴らしいと思ってもらうことだ――と考えていたと思われます。

さらに柿本人麻呂は抒情詩の完成に挑み、日夜研鑽し、歌は素晴らしいと誰もが思える歌を詠もうと心掛けていたと思われます。

そのような柿本人麻呂の歌を多く掲載することで、『万葉集』が皇室から危険視されたり、焼かれたりしないで、無事後生に伝わると旅人や家持は考え、柿本人麻呂の数多くの歌を掲載したのではないでしょうか。

柿本人麻呂の歌は皇族の死を悼んでも、死の原因を深く追及していません。このあり方は、歌で史実を伝えようとする旅人や家持の思いに叶っていたのです。

例えば柿本人麻呂は、皇位継承の有力候補であり処刑された有間皇子の挽歌を詠んでも、死の原因を追及せず、ひたすら有間皇子の死を悼んでいます。


後見《のち》むと君が結べる磐代の子松がうれをまた見けむかも　（巻二—一四六）

——後で見ようとあなた（有間皇子）が結んだ磐代の子松の梢を再び見たでしょうか——


柿本人麻呂は有間皇子が刑死したことを知っていながら、刑死については触れず、無事だったら再び見たいと結んだ松の枝を見たでしょうか、と詠むことで有間皇子を偲んでいます。このように権力者を刺激しないように詠む柿本人麻呂の歌を載せることは、『万葉集』の安全を保障することでした。

既述しましたが、柿本人麻呂は、天皇の称号を用い、天皇は神であると何度も歌っています。

ですから柿本人麻呂の歌は間違っても権力者に焼き捨てられたりしないはずです。白村江の敗戦以来、日本の古来の文化を否定し、文字も、言葉も、生活様式も唐風にしようとする風潮の中で、柿本人麻呂はひたすら歌を詠んでいました。

淡海《あふみ》の海夕波千鳥汝《な》が鳴けば情《こころ》もしのに古《いにしへ》思ほゆ　（巻三―二六六）　＊一二九頁参照

わたつみの豊旗雲《とよはたぐも》に入日さし今夜《こよひ》の月夜《つくよ》さやけかりこそ　（巻一―一五）

――海上遥かにたなびいている雲に入日がさしている。今宵の月は美しく照ってほしい――

こんな美しい歌を読んで、心に清風の吹き込まない人はいません。柿本人麻呂の歌は良い、この人の歌が多く載っている『万葉集』は存在すべきだ、との声無き声が生まれて行ったと思われます。

●柿本人麻呂の本意

我が国の言葉や文字が失われかねないと危惧を抱いた柿本人麻呂は、朝廷内で漢字を使用し、都も唐風に造営し、宮中の歌は漢詩といった雰囲気の中で和語を守り、五七調のリズムなど先祖が育み伝えた伝統的な文化を守りたい、と心から願っていたと思われます。

そのために和歌を宮中の晴れの文学とする風潮が作られ永続してほしいと願いながら研鑽を積んで、人を感動させられる美しい歌を詠み、繰り返しますが、天皇の称号を何度も詠み、皇子の挽歌を次々に詠んで、歌とは何と素晴らしいものか、と天皇やその周辺の人々に思ってもらうことで、和歌を守り、言葉を守り、伝統文化を守ろうとしたのではないでしょうか。

大伴旅人や家持が、柿本人麻呂の歌を『万葉集』に多く取り入れたことは天皇周辺の人々に、警戒心を持たせませんでしたから、歌によって歴史的事実を後世に伝えたいとの望みをも果たせる有力な一因になったと思われます。

現在、注意深く『万葉集』の歌を読み取ることで、律令国家建設までの史料に無い史実を、私たちは『万葉集』から読み取ることができます。そして、そのように読み取ることが、先人たちの苦心や努力に報いることになると私は思います。

第十五章　防人の歌の示す古代人の教養と文字

●防人の制

防人とは、中大兄皇子が白村江で唐と新羅の連合軍と戦って敗れた後、壱岐や対馬、筑紫など北九州沿岸の守りに当たらせた守備兵です。

この防人の制度は飛鳥時代から始められ、「請令諸公卿議定遣唐使進止状」の記載によると、平安時代に菅原道真が天皇に申し出て中止されるまで行われていました。『万葉集』に載っているのは大伴家持が防人の歌を集めた七一四年当時に家持の許に届いた歌だけです。

防人の歌は防人の制度が行われていた間中、毎年百首以上は歌われていたはずですから、『万葉集』に掲載された防人の歌は氷山の一角にも及びません。とはいえ貴重な記録です。

防人の召集は唐突でした。担当役人が地域の若者の中から防人として召集する者を決めても、すぐに知らせなかったからです。

なぜなら前もって知らせますと、防人に行くのを嫌がって身を隠したり、仮病を装ったり、体を傷つけるなどの恐れがあったためです。ですから防人の召集は突然告げられ、告げるや否や北九州に向かって出立させるのが常でした。そんな防人の様子を偲ばせる歌が『万葉集』に収録されています。

●防人の召集

わが母の袖持ち撫でてわが故《から》に泣きし心を忘らえぬかも

物部平刀良《をとら》（巻二十―四三五六）

――母が私の袖を取り撫でながら泣いたその心を忘れられない――

母刀自《あもとじ》も玉にもがもや頂きて角髪《みづら》のなかにあへ纏《ま》かまくも

津守宿禰小黒栖《つもりのすくねおぐるす》（巻二十―四三七七）

――家の主である母が玉なら角髪の中に乗せて一緒に巻くのだけれど……――

ふたほがみ悪しき人なりあた病《ゆまひ》わがする時に防人にさす

大伴部廣成《おほともべのひろなり》（巻二十―四三八二）

――根性の悪い人である。私が急病の時に防人にさせるとは――（「ふたほがみ」は根性の悪い人。「あた病」は急病）

防人に行くは誰《た》が背と問ふ人を見るが羨《とも》しさ物思《もひ》もせず

昔年《さきのとし》の防人（巻二十―四四二五）

――「防人に行くのは誰の夫？」と聞いている人を見る羨ましさ。物思いとしないで。（私の夫は防人に行くので胸ふさがる思いをしているのに）――（「昔年」は過ぎ去った年。交替して既に帰った防人）

このように、頭を撫でられて嬉しかったと父母の手の温もりを思い出している少年も含め、防人は東国各地から三年ごとに千人が召集され、それぞれの故郷近くの国府に集められ、難波までほぼ歩いて行きました。

難波には船が用意されていて、防人たちは難波で乗船し、北九州に運ばれました。

そしてこの故郷から北九州までの長い旅の間の食事は、全て自分で調達する習わしで、支給されませんでした。

●家族を思う防人の歌

防人たちは唐突に家族と別れた悲しみに耐え、望郷の念に耐え、悲嘆の思いを歌に詠みました。

防人に立ちし朝明《あさけ》の金門《かなと》出《で》に手放れ惜しみ泣きし児らばも

作者不明　（巻十四—三五六九）

——防人に出立した朝の門出に、わが手から離れるのを惜しんで泣いた、我が子が、ああ（忘れられない）——

難波津《なにはつ》に装ひ装ひて今日の日や出でて罷《まか》らむ見る母なしに

上丁丸子連多麿《かみつよぼろまろこのむらじおほまろ》　（巻二十—四三三〇）

——難波の港で舟装いを重ね、今日命令のまま任地に赴くことだろう。晴れ姿を見てくれる母もなしに……――

美しく飾られた船に乗り、雄々しく船出する雄姿を見てくれる母はもういない……、と詠んでいる防人。

この丸子連多麿の歌は、当時相模の防人の係であった藤原宿奈麻呂《すくなまろ》が大伴家持に八首提出したうちの拙劣な五首を除いた三首のうちの一首と『万葉集』中に説明されています。

●防人の思い

常陸《ひたち》さし行かむ雁《かり》もが吾《あ》が恋を記《しる》してつけて妹《いも》に知らせむ

物部道足《みちたり》（巻二十―四三六六）

――常陸の国に飛んで行く雁がいてくれたら。私の恋の気持ちを記して妻に知らせるのだけれど……――

わが家《いは》ろに行かも人もが草枕旅は苦しと告げ遣《や》らまくも

大伴部節麿《ふしまろ》（巻二十―四四〇六）

――私の家に行く人があれば、草を枕の旅は苦しいと告げたいけれど……――

み空行く雲も使と人はいへど家づと遣《や》らむたづき知らずも

大伴家持（巻二十―四四一〇）

――空を行く雲も使いだと人は言うけれど、家に土産をどう送ればいいか、全く分からない――

自分の思いを家族に知らせることができたなら……。絶対にできないと知っていても知らせたいと願う悲しみ。

大伴家持は防人ではありませんが、防人交代などの兵部についていて防人のことが良く分かり、防人の悲しみを自分のことのように詠んでいます。

●防人の歌からもわかる日本の古代文字

集まって来たおびただしい歌を全て読み、取捨選択することは大変な労力です。書かれていても読みにくい文字もあったかも知れません。文字がなく、記録されていなかったとしたら数千首もの歌の編集など決してできません。

ですから、東国各地から来た防人が提出した歌の多くは、古代文字で書かれていて、その歌の全てを大伴家持や家持の協力者たちが読み、分類し、拙劣な歌は捨てるなどして、相当な日時を費やして歌を整理し、貴重な紙を使い、防人の提出した歌の文字を一首一首漢字の音を借りて日本語を表現する万葉仮名に書き換えて『万葉集』を編集したと思われます。

●万葉仮名と古代文字

『万葉集』は万葉仮名で書かれています。

万葉仮名とは漢字の意味を原則として無視し、一字一音のみを使用して日本語を表記したものです。

例をあげ、先述した歌を万葉仮名で書いてみますと次の通りです。

父母が頭《かしら》かき撫で幸くあれて言ひし言葉《けとば》ぜ忘れかねつる

知々波々我　可之良加伎奈弖　佐久安例弖　伊比之気等婆是　和須礼加祢豆流

読めなくはありませんが、漢字は本来表意文字で漢字の意味を無視して音だけで読むのですから、意味の分かりにくいことと言ったらありません。このため万葉仮名は普及しませんでした。

とはいえ、権力者の重圧に従って漢字を使いながら歌を表記した先人の工夫には、目を見張らせられます。

十九世紀にイギリスの植民地では英語で話し、書いていました。

それに比べて、千有余年前の日本の古代人は、権力者が生活様式も文字も全て唐風にすると決め、従わせようとしたにも関わらず、漢字を使用して日本語を表記することを考え出して日本語を守り伝統文化を守ったのです。

実際、日本では全国各地の身分の低い人でも子供でも誰もが歌を詠んでいたことが『万葉集』で分かります。

とにかく『万葉集』に記載されている歌は約四五〇〇首ですから、捨てられた歌も多くあったと思われますので、大伴家持の許には万を越す歌が届けられていた可能性があります。

原則として漢字の音を借りて日本語を表現する『万葉集』に使用されている万葉仮名は、宮中近辺の人々はじめ、家持などが使っていたと推察されますが、全国の人々は漢字を知らず、ましてや万葉仮名を知るはずがありませんでした。

それに、『万葉集』の中にある古歌や『万葉集』に先んじてあった、例えば柿本人麻呂などの歌集は、どんな文字で書かれていたのでしょうか。

当然、古歌集や古歌は『万葉集』編纂以前に日本にあった古代文字で書かれていたと考えられます。

古代文字無くして『万葉集』の成立はあり得ません。ただ古代文字は絶対的な権力を持っていた朝廷内では否定されていました。権力者の意志に反し、後世に古代文字を伝える努力をした人々を私は仰ぎ見ないではいられません。

現在、日本の古代文字は全て読めます。

正式には認められていませんが、日本には古代文字があり、しかも全国に普及していて『万葉集』編纂当時には既に誰もが歌を詠み、紙は貴重でしたから、木の葉や木札などに書いて人に送り共感する、そんな高い精神性を持った文化的な雰囲気の中で、古代の人々は暮らしていたと想像することができます。

●防人の出立と使命感

国々の防人つどひ船乗りて別るを見ればいとも為方《すべ》無し
神麻績部島麿《かむをみべのしまろ》（巻二十―四三八一）
――国々の防人が集って舟に乗って別れて行くのを見ると、全く何とするすべもなく悲しい――

防人に行くは誰《た》が背と問ふ人を見るが羨《とも》しさ物思《も》ひもせず
昔年《さきのとし》の防人（巻二十―四四二五）

畏きや命被《みことかがふ》り明日ゆりや草《かえ》がむた寝む妹《いむ》無しにして
物部秋持《あきもち》（巻二十―四三二一）
――恐れ多い天皇の命令を受けて明日から草と共に寝ることであろうか、妻無しで――

障《さ》へなへぬ命《みこと》にあれば愛《かな》し妹《いも》が手枕《たまくら》離れあやに悲しも

昔年の防人　（巻二十―四四三二）

――拒めない大君の命令だから愛しい妻の手枕から離れて、訳も分からないほど悲しい――

嘆いているこれら防人の歌から、当時すでに大君の命令は絶対である、と一般に徹底して伝えられていたことが分かります。

また役付と思われる防人には、国を守るために九州へ行くとの強い使命感を持っていたことが歌から感じられます。仕方がないから行くしかないとあきらめている防人も居れば、使命感に燃えていた防人もいたのです。

防人は、『万葉集』後期の代表的歌人であり、『万葉集』中最も歌の数が多い大伴家持（七一七～七八五）が、兵部少輔の役に付いていた時に集めた歌です。

もし大伴家持が防人の歌を集めていなかったら、防人の歌が伝わることは無かったはずです。大伴家持の何という先見、何という功績でしょう。

●大伴家持の真意

大君の命《みこと》かしこみ青雲《あをくむ》のとの引《び》く山を越よて来ぬかむ
小長谷部笠麿《おはつせべのかさまろ》（巻二十―四四〇三）

――大君の命令を畏んで青雲のたなびく山を越えて来たことだ――

ここでも防人が大君の命《みこと》かしこみ、と詠んでいます。

防人ではありませんが、『万葉集』の巻十八の大伴家持の長歌の中に戦時中、よく歌われた一節があります。

……海行かば　水漬《みづ》く屍《かばね》　山行かば　草生《む》す屍　大君の　邊《へ》にこそ死なめ　顧みはせじ……
（巻十八―四〇九四）

――海を行けば水に浸かる屍、山を行けば草の生える屍となっても大君のお側でこそ死のうが、顧みることはするまい――

大伴家持は、日本古来の文字も五七のリズムも消し去り、全てを唐風にしようとしていた権力者に従う、とのポーズを取りながら、細心の注意を払って、唐風のありようそのままのような中央集権国家を建設しようとしていた朝廷から危険視されないよう配慮していました。

ですからここで自らも天皇のために死をいとわない、との歌を詠んでいます。

とはいえ、防人の制度がどんなに非人間的な生活を強いているか、との実情を歌で訴え、防人制度を一日も早く辞めてもらうよう強く願っていたことが、集められ、選ばれた防人の歌から克明にわかります。

大伴家持がいなければ、防人の事実の一端を後世に伝えることはできませんでした。

大君の邊にこそ死なめ、と自ら詠み、権力者の警戒をそらしながら、その実大伴家持は、庶民の暮らしを守り、日本古来の伝統文化である日本語を守り、そして五七調を守り抜き、後世に事実ありのままの姿を伝えることに命を懸けていたことが分かります。

第十六章　奈良の大仏に塗った黄金

●黄金の産出を寿ぐ大伴家持の歌

『万葉集』に、陸奥国で黄金が産出したことを寿《ことほ》ぐ大伴家持の歌が掲載されています。家持の詠んだ長歌を略記し、その大意を左記します。

陸奥国《みちのくのくに》より金《くがね》を出せる詔書を賀《ほ》く歌一首短歌を併せたり

葦原の瑞穂《みづほ》の国を天降《あまくだ》り領《し》らしめしける天皇《すめろぎ》の神の命《みこと》の御代重ね……鶏が鳴く東《あづま》の国の陸奥《みちのく》の小田《をだ》なる山に黄金《くがね》ありと……大伴の遠つ神祖《かむおや》のその名をば大来目主《おほくめぬし》と負ひ持ちて仕へし官《つかさ》　海行かば水《み》浸《づ》く屍《かばね》　山行かば草生《む》す屍《かばね》　大君の邊《へ》にこそ死なめ顧みはせじと言《こと》だて……大君の御言《みこと》の幸《さき》の聞けば貴《たふと》み

（巻十九—四〇九四）

——葦原の瑞穂の国を天から下ってお治めなされた皇祖の神々が御代を重ね、天つ日嗣《ひつぎ》として統治してこられた天皇の御代に、領有される四方の国々は山河も大きく広く、貢物、宝物は数え尽くすことができない。

しかし（本文・然れども）我が大君が諸人を誘い、大仏鋳造という良いことを始められ、黄金は十分あるのかとお思いになって御心を悩まされていたところ、東国の陸奥の小田郡の山に黄金が出たとの奏上があったので御心を晴れ晴れとなされ、天地の神々も喜ばれ、皇祖の神々も力を添えられて御代は栄えるであろうとお思いになられ、武人の大勢の供を従えられ、老人も女も子も満足するようにお治めになられていられる。

それをたいそう尊み嬉しく思って、（我が）大伴家の遠い祖先、大来目主が天皇にお仕えしていたその大切な役目は、

「海を行けば水に浸かる屍、山を行けば草の生える屍となっても大君の傍で死のう。顧みることはすまい」

と誓いを立て、現在まで伝えて来た。そういう祖先の子孫なのだ、大伴氏と佐伯氏は。

子孫は祖先の名を絶たず大君にお仕えする、と言い継いで来たので剣や太刀を腰に佩《は》いて、朝夕の守りとして朝廷の門を守護する者は我々の他にはない、と心を奮

い立たせ、思いはまさる。大君の詔《みことのり》の栄えを耳にして――

家持の長歌は初めに天皇の統治される豊かな大和の国を祝《ことほ》ぎ、然れども、と続けていますので、祝ぐことを止めると思わせられます。しかし意に反して、良い統治をなされていると褒め称え、黄金産出について語っています。

ということは、この「然れども」の不自然な使い方は歌の巧みな家持が後世の人々に注意してもらいたかった言葉ではないでしょうか。

ところで戦時中に歌われた「海行かば水浸く屍……」の歌が『万葉集』を編集した大伴家持の歌であることを知らない人もいるかも知れません。

この歌を読む限り、大伴家持は己の人生を捧げるほど天皇に尽くそうとしていると感じられます。同時に歴代の大伴家がどんなに天皇家に尽くしてきたか思い返してもらいたいと望んでいると分かります。

さりげなくそのように詠みながら、陸奥国で金の出たことを寿ぐこの長歌の中で、大伴家持は奈良の大仏に塗る黄金が無いのではないかと聖武天皇が心配されていられたと歌っています。

●聖武天皇の大仏建立

橘は実さへ花さへその葉さへ枝《え》に霜降れどいや常葉《とこは》の木　（巻六―一〇〇九）

――橘はその実も花も葉さえも枝に霜が降っても栄えるめでたい木です――

と聖武天皇は左大臣の葛城王が臣下に下り、橘の姓をもらった時に、その一族を寿いで橘の木の素晴らしさを詠んでいます。

このように心優しい聖武天皇は深く仏教に帰依し、仏教を基にしての政を理想として、大和国内の各国に国分寺、国分尼寺を建立し、その総寺として東大寺を建て、本尊として盧舎那仏《るしゃなぶつ》を祀りたいと望まれました。

それというのも、盧舎那仏とは宇宙の中心に居て、存在する全てのものを含み、全てのものに含まれている、故に草の葉先の露などどんなものの中にも生きていると聞かされた聖武天皇は、大宇宙の命と己の命の響き合うことを知って感動したのです。

それで世界に類のない大きな盧舎那仏を造ろうと心を決められました。

そのため、天平十九（七四七）年から天平勝宝元（七四九）年までの三年間に八回鋳込《いこ》みを行い、労働者として延べ二六〇万人、当時の全人口の半数を動員しました。こうして結局十年の歳月を費やし、総重量二八〇トンの世界最大の銅の大仏を作りあげました。

が、そこに塗る金がありません。聖武天皇が困り果てていますと、隣国の陸奥国小田郡涌谷《わくや》（宮城県）で金が産出したとの知らせが入ったのです。

古代、日本は全域が日高見国でしたが、朝廷の先祖が大和に入りますと、大和の周辺から次第に範囲を広げて四方を征服し、聖武天皇の頃には、四国、九州、中国、近畿、中部、関東をほぼ統治下に入れていました。

朝廷の支配下の国は大和朝廷にちなんで大和の国、それ以北はもとのまま日高見国でしたが、朝廷では「日高見の国」の名称を使わず、新たに「陸の奥の文化果てた国」の意味で陸奥《みちのく》と呼びました。ですから陸奥国とは大和朝廷の命名した国名で大和国の隣国でした。

ちなみに江戸期から盛んに行われた七福神めぐりですが、七福神とは大黒天、蛭子《えびす》、毘沙門天、弁財天、福禄寿、寿老人、布袋の神々で、七福神の中の天の付く三柱の神はインドの神、付かない三柱の神は中国の神で、日本の神は恵比寿（蛭子）様ただお一人です。

江戸時代までの人々は都から見て、東の国の人々は東えびすと蔑まれていたと知ってはいても、そのえびす様こそ原日本人であり、えびす（恵比寿）とは原日本人の中の勇者のことだと知っていたのです。それで国学の起こると共にえびす信仰が盛んになったのです。

えびすとは原日本人の勇者のことと、江戸時代までは伝えられていましたが、明治に入って多くの伝承が急激に消し去られました。例えば、既述しましたが、江戸期までは神宮は香取神宮、鹿島神宮、伊勢神宮の三神宮のみで、どんなに大きい神社でも出雲大社、諏訪大社など大社と呼ばせ、神宮を名乗らせませんでした。ところが明治に入りますと、明治神宮、橿原神宮、宇佐神宮、平安神宮等々神宮を乱立させました。と言うように伝承が消されたのです。

ところで陸奥国で金が採れると聞かれた聖武天皇はたいそう喜ばれ、年号を天平感宝と改めました。そしてさらにその年の七月二日には天平勝宝と改元しました。

このことを記念してか、涌谷には天平勝宝元年創立の黄金山神社が現存しています。

この黄金の動きで分かりますように、大和朝廷では隣国の日高見国で金が採れているなどの様子が分かっていませんでしたが、日高見国側は船を出して当時の世界貿易と言える貿易をしていましたから、大和国では今、金を求めている、などの情報を把握していました。

大体、日高見国の船が行き交う海を日高見国の別名である「日の本の国の海」とのことで日本海と呼んでいたことからも、日高見国側の文化度の高さが分かります。

日高見国は仏教国でしたから、隣国である大和国が大仏を作り、その大仏に塗る黄金を求めていると知って、「仏教を大切にするためなら黄金を提供しましょう」と申し出たものと思われます。

●聖武天皇のご退位

隣国での黄金発見の瑞兆が伝わり提供の申し出を受けながら、その年のうちになぜか聖武天皇はご退位なされました。そして聖武天皇と光明皇后の皇女とされる孝謙天皇（阿部皇女）が即位され、前述通り年号を天平勝宝と改めました。

ところで孝謙天皇の母とされる光明皇后は藤原不比等の三女で、母は橘三千代でした。当時まで、皇后は皇族の娘と決められていましたから、既述しましたが、貴族でない光明皇后の立妃に反対していた左大臣長屋王を藤原氏が軍兵を出して急襲し、亡き者にするという大事件があって、光明皇后が誕生しました。光明皇后に次の歌があります。

吾《わ》が背子《せこ》と二人見ませば幾許《いくばく》かこの降る雪の嬉しからまし　（巻八―一六五八）

――（夫の）聖武天皇と一緒に見ていたら、どんなにかこの降る雪をうれしく見られたことでしょう――

光明皇后が聖武天皇に捧げた何ともしおらしい歌です。

この歌を捧げられた聖武天皇は、経費など気にされずに遷都を繰り返された方でした。が、深く仏教に帰依しておられましたし、光明皇后も同じでした。

一方、長屋王は大般若波羅蜜多経を書写させました。その一部である二百十余巻が現存していることでも分かりますように熱心な仏教徒でした。長屋王は、

「山川域を異にすれども風月天を同じくす。これを仏子に寄せて共に来縁を結ばん」

との四句を縫い付けた袈裟千領を遣唐使の栄叡《ようえい》と普照《ふしょう》に託し、できる限り多くの中国の僧に渡すようにと依頼しました。

長屋王の贈ったこの袈裟を見られた高僧鑑真が、日本へ行き、伝道しようとの固い決意を持たれた故にその来日が実現したのです。

ちなみに鑑真がやっと日本に向かう船に乗り、舟出した時、鑑真と別の船に乗り、共に日本に向かった阿倍仲麻呂はその出港の時に、

天の原ふりさけ見れば春日なる三笠の山に出《いで》し月かも

と日本を懐かしみ、中国を離れる港で詠んで、三笠山に出る月を思い故郷に帰れると喜んだのですが、仲麻呂の乗った船は嵐のために安南（ベトナム）に流されてしまい、生涯日本に帰って来られず、中国で客死しました。

阿部仲麻呂は奈良時代の人ですが、この天の原の歌は『万葉集』編集の時には伝えられていなかったらしく、『万葉集』には掲載されず、古今集に収録されています。

それはとにかく、黄金産出の報を受けながら、なぜ聖武天皇はご退位なされたのでしょうか。

●大仏の四分の一しか塗れなかった黄金

東大寺に「涌谷から献上された黄金は九百両」との記録が残されています。約束通り、正式に日高見国から送られた黄金は九〇〇両だったのです。

ところが九〇〇両では奈良の大仏の四分の一しか塗れません。

しかし大仏の全ては黄金で塗られています。必要な残りの四分の三の黄金はどこから運ばれてきたのでしょうか。

東大寺の黄金の量の記録に気付いた学者たちの説は、

「多分大陸あたりから輸入したのだろう」

との推測に留まりお茶を濁しています。が、これでは解決になりません。

当時中国では、中国全土の黄金の算出量より日高見国からの黄金の輸入量の方が多かったと記録されています。ということは、もし中国などから大仏に塗る黄金を輸入したとすると、中国、その他の国が日高見国から輸入した黄金を再び海を渡って大和に運ぶことになり、海を二度渡る無駄な費用がかかります。

もちろん大和朝廷の領域内からは一かけらの金も産出されていませんでしたから、大陸の事情を考えれば奈良の大仏に塗られた黄金は、日高見国から直接奈良に運ばれたのではないでしょうか。そう考えるのが一番自然です。もし黄金が日高見国から追加され、運ばれていたのだとしたら、どんな条件で運ばれたのでしょう。

孝謙天皇の歌が『万葉集』に載っています。

この里は継《つ》ぎて霜や置く夏の野にわが見し草は黄葉《もみ》ちたりけり　（十九―四二六八）

――この里は次にはもう霜が降りるのだろうか。私が夏の野で見た草がもう黄葉している――

孝謙天皇の記憶は確かで、事実をよく見て考えられる方だったようです。

●皇位と黄金

孝謙天皇の幼名は阿部皇女です。阿部皇女とは日高見国王安部氏の娘ではないでしょうか。

朝廷では黄金産出国の王、安部氏の娘に皇位を譲り、不足している黄金を手に入れたのではないでしょうか。朝廷はひそかに皇位を売って黄金を手に入れたと考えられるのです。頭は良くても今でいうとややノイローゼ気味で、恐れ多いことですが、遷都を繰り返しておられた聖武天皇と光明皇后との間に子は恵まれなかったのではないかと思えてなりません。お二人に子はなかったかも知れません。

その証のように阿部皇女であられた孝謙天皇は生涯、結婚を許されませんでした。皇位は一代限りのものとされ、子を産むことを禁じられ、孝謙天皇の個人的な幸せなど問題にされていなかったと思われます。

孝謙天皇と清僧道鏡との関わりや、道鏡の左遷、孝謙天皇が重祚され称徳天皇となられたこと、その他、この頃の朝廷をめぐる多くのいざこざなど、この黄金問題の路線上でもう一度考え直し、見直す必要がありそうです。

それはとにかく、朝廷はなりふり構わず黄金を手に入れ、高さ一七メートルの山のような壁を壊し、周りの外型を取り外し、大仏の全てが現れるや、人々はその気高さに打ちのめされました。責任者・国君麻呂《くにのきみまろ》の感激はどんなに深かったことでしょう。

大伴家持は『万葉集』の中で三番目に長い力作である先の長歌の反歌三首の最後に次のように詠んでいます。


天皇《すめろき》の御代栄えむと東《あづま》なる陸奥《みちのく》山に黄金《くがね》花咲く　（巻十九―四〇九七）

――天皇の時代が永遠に栄えるめでたい印として東国の陸奥の山から黄金が出た――

大伴家持は、大仏に塗った黄金は陸奥から運んだものと詠みながら、記録に無い黄金の不足分も陸奥から運ばれて来たとの暗示として、長歌の中に不自然な「然れども」の表現を使ったのだと私は思いたいのです。言葉を変えれば、奈良時代には驚くべき世界一の産出量であった陸奥の黄金に注目してほしいとの家持の訴えに気付く必要があると思うのです。後述しますが、日本の陸奥の黄金がコロンブスのアメリカ大陸到達をはじめとして大きく世界を動かしたのです。

大伴家持が伝えたかったのは、奈良の大仏に塗った黄金は全て陸奥の国から産出したもので、その黄金を手に入れるための密かな約束事があった、と気付いてほしい、ということではなかったでしょうか。

大伴家持はあくまでも事実こそ尊い、あるがまま、なるがままを認めたうえで、英知を働かせることが、後の世の平安をもたらす、と信じていた人だったと思われます。

●天皇と大君

大伴家持の長歌の中に「大君の邊にこそ死なめ」とあり、反歌に「天皇の御代……」とあります。大君も天皇も同じく国家の統治者です。ただし、大君はリーダーの中のリーダーで並列ですが、天皇とは大宇宙の中心ですから絶対的存在です。天皇の称号を家持が意識して使っているところに大伴家持の、

――『万葉集』を後世に伝えたい。権力者に焼かれてしまいたくない――

との苦心の跡が見えています。

ところで『万葉集』の中に大伴御行《みゆき》の歌、

大君《おほきみ》は神にしませば赤駒の匍匐《はらば》ふ田井を都となしつ　（巻十九―四二六〇）

――神である大君は赤駒が這っていた田を都に変えてしまった――


があります。

大伴御行は大納言で鉱物資源の開発に努力していましたが、対馬で金が採れたと聞き、派遣した三田首五瀬《おびといつせ》が対馬産の金を持ち帰りましたので、朝廷に献上しました。朝廷では年号を大宝に改めたほど喜びました。が対馬で金は採れず騙されたと分かって、御行の評判は急激に落ちてしまいました。

御行が天皇でなく大君と詠んだことでも、後の大伴家の当主家持ほどの危機感を持てない坊ちゃんであったことが分かります。

●世界を動かした東北の黄金

マルコ・ポーロの書いた『東方見聞録』の、

「東海にあるジパングは、黄金が想像できないくらい豊かにあり、宮殿の屋根は全て金でふかれ、宮殿内の道路や床は四センチもの厚さの純金の板が敷かれている。その上バラ色の真珠も大量に産する」

との記事を読んだコロンブスは、

「よーし、黄金の国ジパングへ行くぞ」

と決意し、大金持ちの人々に順次協力を求めましたが誰一人賛成せず、結局スペインの女王イサベルの賛同を得て決行できることになり、船頭を募集しましたが応募者がなく、再び女王に頼んで囚人を出してもらって航海に出ました。が、一年たってもジパングは発見できず、船内にコロンブスを殺せば国に帰れるとの暴動が起こりそうな気配が漂いはじめた時、やっと陸地が発見されました。この時、インドに着いたと思ったコロンブスはそこにいた人々をインディアンと呼びました。「アメリカ大陸の発見」です。

コロンブスが船を出したのは一四九二年、日本では室町時代、銀閣寺を建てた足利義政の二代後、足利義詮《よしあきら》の時代でした。

奈良時代には多分世界一の産出量であったと思われる日本の黄金が、後にアメリカ大陸を「発見」させ、世界を動かし、世界の大航海時代を呼んだのです。

●日本の黄金発掘最古の記録

日本の黄金の発掘の最古の記録があるのは黄金迫《はざま》、すなわちカムイシモリ（神います領域）と呼ばれ、ケセンとも呼ばれている地域でした。ケセンは今の宮城県北部、岩手県の大半に秋田県の一部が入る広大な黄金算出地域のことで、日高見国の中心地でした。

当時、日本の国内で黄金の採れていたのは東北だけでした。その日高見国の中の大きな金山は氷上山《ひかみさん》の玉山金山、矢作《やはぎ》の雪沢金山、馬越金山、世田米《せたまい》の蛭子金山などで、金の採取は何と五三二年（二十七代安閑天皇）から一九五七年（昭和三十二年）まで一四〇〇年余りも続けられていたのです。

ところで、日本刀の源流と言われている蕨手刀は一八八本発見されているそうですが、その半数がケセンで発見されています。蕨手刀《わらびてとう》は鉄製ですから、錆びやすく残りにくいので、現存するのは一パーセントと言われています。この説を取って計算しますと、ケセンには二万本近い蕨手刀が存在していたことになります。ここで注意したいのは蕨手刀の生産地と、黄金の産出地が重なっているという事実です。

このことからケセンは古くから鉱業の発達していた地域であることが分かります。

特に金は東北でしか取れていませんでしたから、その採掘法や細工などはケセン独自の文化であったことが分かります。

ちなみに、佐渡の金山は江戸開幕の二年前に武田信玄の元家臣大久保長安が掘ったものですし、甲州金で知られる甲斐の金山は戦国時代に開発されました。武田信玄は城攻めに先立って金師（金山の指導技術者）に地下水の流れを変えさせて、城中の飲み水が無くなってから城を攻める等、金師を金の採掘以外にも巧みに使っていたことが分かっています。

このように日本の鉱業は古くは東北で起こったと考えられそうです。

その証のように世界四大文明の一つ、黄河のほとりから出土した漆器より、三内丸山遺跡出土の漆器の技術が高く、黄河ほとりの漆器より五〇〇〇年も前のものと既述しました。日本の東北の持つ高度な文明についての今後の研究を世界が待っている、と言っても過言ではないようです。

第十七章　『万葉集』唯一の長歌

中国には民衆の心の動きを知るため朝廷内に流行歌《はやりうた》である童謡《わざうた》を記録する正式な役人がいました。

大和朝廷には童謡《わざうた》を記録する係は記録されていませんが、『万葉集』にいくつもの童謡が載っていますので、記録し提出した人がいたようです。

●童謡《わざうた》　壬申の乱の周辺

大化の改新（六四五年）の主役は中大兄皇子と藤原氏の祖、中臣鎌足です。中大兄皇子は大化の改新から二十三年経って即位しました。第三十八代天智天皇です。

天智天皇の皇太子は、弟の大海人皇子でした。大海人皇子はわが国が外国と初めて戦った白村江の戦を始めとして常に兄・中大兄皇子に協力していました。しかし天智天皇は自分の長子、大友皇子が優秀でしたので、皇位を弟でなく大友皇子に譲り、自分の血筋に皇位を継承させたいと考えるようになりました。そしてついにその考えをはっきりと形に表し、朝廷内を大友皇子中心の組織に変えました。

そんな天智天皇の思いを知り、身の危険を感じた大海人皇子は、出家したいと申し出、吉野に隠棲し、ひっそりと暮らしながら、密かに皇位を継承する機会を待ちました。が、その機会はすぐにやってきました。

天智天皇は即位後わずか三年で病により亡くなってしまったのです。近江朝は大友皇子を中心に動き出してはいましたが、日は浅く基礎は固まっていませんでした。そんな時、早くも大海人皇子は近江朝に対し反乱を起こしたのです。

『日本書紀』の「天智紀」に左記の童謡があります。

み吉野の吉野の鮎　鮎こそは　島傍《しまへ》も良き　え苦しゑ　水葱《なぎ》の下《もと》　芹の下　吾は苦しゑ

——吉野の鮎よ。お前は島陰に居られていいな。（私は鮎ではないので）ああ苦しい。水葱の下、芹の下に押し込められて、ああ苦しい——

大海人皇子が吉野に押し込められているのは苦しいと詠んでいます。皇太子である大海人皇子が吉野に隠れ住んでいるのはおかしいという童謡です。

十市皇女《とおちのひめみこ》は、天智天皇の陵を造るため近江朝廷に農兵が多数集められていることを知っていましたが、ある日、農兵が武器を持っていることに気付き、農兵の持つ武器の使い道は吉野の父に向けるのではないかと思いつき、文字は書かず、父、大海人皇子に琵琶湖の鮎だけを送りました。

「この鮎はまな板に載せられます。そのように父上のお命が危のうございます」と密かに知らせたのです。大海人皇子は鮎の謎をすぐに解き、直ちに動きました。

大和の豪族三輪氏、鴨川氏、大伴氏などに呼びかけ、味方になるとわかると皇位継承の計画を知らせました。近江朝側は膝下に強敵を抱えている形になりました。

大海人皇子は紀氏、阿倍氏をも味方にし、さらに東国の小豪族に連絡して兵を起こすよう呼びかけました。

この東国の兵を集めたことが勝利につながったことを柿本人麻呂が挽歌に詠み込んでいます。こうして大海人皇子は急ぎ吉野を脱出しました。

大海人皇子が近江朝に対して決起したこの反乱である壬申の乱は、全国的な規模に広がり、戦乱は一か月余りに及びました。『万葉集』に大海人皇子を有利と見た童謡が載っています。

近江の海　泊八十《とまりやそ》あり　八十島の　島の崎々　あり立てる　花橘を　末枝《ほつえ》に　もち引き懸け　中つ枝《え》に　斑鳩《いかるが》懸け　下枝《しづえ》に　ひめを懸け　己《な》が母を　取らくを知らに　己が父を　取らくを知らに　いそばひ居《を》るよ　斑鳩とひめと　（巻十三―三二三九）

――近江の海には船着き場と島が沢山ある。その島の崎に立っている花橘の上の枝にモチをかけ、中の枝にイカルガをかけ、下の枝にひめを懸けて囮にし、イカルガの母と父を取ろうとしているのを知らないで戯れている。イカルガとひめが――

近江の海とは近江朝廷のことで、近江朝廷の十市皇女とその子・葛野王《かどののおう》を囮にして、吉野に落ちた大海人皇子が近江朝廷を抑えようとしているのに、そんなこととも知らず十市皇女と葛野王は無邪気に遊んでいる、と歌った童謡です。

十市皇女は大海人皇子と額田王の間に生まれ、大友皇子に嫁ぎ、葛野王を産んでいます。さらに大海人皇子も吉野を脱出する時、歌を詠んでいます。

み吉野の　耳我《みみが》の嶺に　時なくそ　雪は降りける　間《ま》なくそ　雨は降りける　その雪

の時なきがごと　その雨の　間なきがごと　隈《くま》もおちず　思ひつつぞ来《こ》し　その山道を

（巻一―二五）

――吉野の耳我の峰に、時を決めずに雪が降っている。絶え間なく雨が降っている、その雪が時を定めないように、雨が絶え間ないように道の曲がり角ごとに（出家して吉野に入ったことなど）思いつつやってきた。その山路を――

壬申の乱は一ヶ月に余る激戦の末、近江朝廷軍が敗れ、大友皇子が自殺しました。勝利した大海人皇子は飛鳥浄御原宮で即位しました。天武天皇です。天武天皇は兄、天智天皇の志を継いで律令政治の確立を図りました。

●十市皇女の挽歌

自分の夫を父に殺された十市皇女の心はどんなに苦しかったことでしょう。もし十市皇女が我が子葛野王を連れて安八摩郡に難を避けずに、夫・大友皇子のいる近江から一歩も出なかったら、大海人皇子は娘を殺す覚悟をして攻め入らなければならなかったのです。

織田信長が妹のお市のいる小谷城を攻めた時、その矛先を鈍らせましたし、家康が大坂夏の陣で攻撃に先立ち秀忠の子で、豊臣秀頼に嫁いだ家康の孫、千姫を救い出すことに汲々としたことが思い出されます。

大海人皇子にとって幸いなことは、戦の始まる前に十市皇女は近江を離れていたことです。結局大友皇子は敗死し、近江朝は崩壊しました。

こうして壬申の乱の翌六七三年三月二十七日、大海人皇子は飛鳥浄御原宮で即位しました。

父、天武天皇の即位の式典が始まり、その行列が動き出す寸前に十市皇女は自害しました。夫大友皇子に死なれて、はじめて十市皇女は、大友皇子が自分にとってかけがえのない大切な人だったことに気付いたのです。

父を助けることが、夫を死に追いやることになった悲しみに耐えきれず、十市皇女は何も語らずその生涯を父の即位式の直前に自ら閉じてしまいました。

十市皇女の死は天武天皇の心を深く傷つけたに違いありません。

十市皇女の挽歌を十市皇女の異母兄高市皇子が、激情にかられて詠まずにいられなかった、と言った雰囲気で、深い悲しみを感じさせる挽歌三首を詠んでいます。そのうちの二首、

三諸《みむろ》の神の神杉《かむすぎ》夢《いめ》にだに見んとすれども寝《い》ねぬ夜《よ》ぞ多き　（巻二―一五六）

――三諸の山の神杉を見るように、せめて夢にだけでも見ようとしても寝られない夜が多いことだ――

三輪山の山辺《やまへ》真麻《まそ》木綿《ゆう》短木綿《みじかゆう》かくのみ故《から》に長くと思ひき　（巻二―一五七）

――三輪山の真麻の木綿は短いが、こんなことになったのに長いとばかり思いこんでいた（十市皇女の生涯がそんなに短いとは思ってもみなかった）――

●高市皇子の挽歌

『万葉集』中最長の挽歌は柿本人麻呂の詠んだ高市皇子の挽歌です。

高市皇子（六五四？～六九六）は大海人皇子の長子で古代最大の乱である壬申の乱（六七二年）の時、大海人皇子に代わって軍を指揮し勝利に導いた方です。が、母親が宗形君徳善《むなかたのきみとくぜん》の娘で、貴族でなく身分が低かったため、即位できず、太政大臣になって重職を極めました。

高市皇子の子が長屋王で、遣唐使として旅発つ二人の僧、榮叡や普照に、「高僧よ来たれ……」と偈を刺繍した袈裟千本を持たせて中国で配らせ、結果として鑑真和上が日本に来て戒律を教え、唐招提寺が建立されたことは周知のことと既述しました。

長屋王は皇后とは皇族出の后であると藤原不比等の娘の安宿媛《あすかべひめ》が聖武天皇に嫁ぐことに強力に反対しました。ために藤原氏に夜襲されて自害し、その後、聖武天皇が安宿媛と結ばれました。

外国との戦い、古代最大の戦乱、大仏の建立など、動きの激しかった時代、即ち世の中を急変させた時代を生きていた高市皇子の存在は大きく、柿本人麻呂は挽歌を書いて政治向きのことは何も語らず、ただ東国の兵を招集したという史実の片鱗を長歌の中に書き留めて高市皇子を偲んでいます。

柿本人麻呂の真意はもちろん高市皇子を偲ぶことですが、その背後の世の急変のありようを知ってほしい、詳細を書くことはできないが、古来の伝統文化がどれほど壊されたか、その事実を後世の人に調べてほしい、事実を知ってほしいと願っているのだと思われます。

ところで高市皇子の挽歌（巻二―一九九）ですが、

かけまくも　ゆゆしきかも　言はまくも　あやにかしこき
――心に思うことも恐れ多いけれども、申し上げることもまことに恐れ多い――

とへりくだった前書きのようなこの言葉から高市皇子の長い挽歌は始まります。

明日香の　真神《まがみ》の原に　ひさかたの　天つ御門《みかど》を　かしこくも　定めたまひて　神さぶと　磐隠《かく》ります　やすみしし　わご大王の　きこしめす　背面《そとも》の国の　真木立て　不破《ふは》山越えて　高麗剣《こまつるぎ》　和蹔《わざみ》が原の　行宮《かりみや》で　天降《あも》りいまして　天《あめ》の下　治め給ひ　食《お》す国を　定めたまふと　鶏が鳴く　東の国の　御軍士《みいくさ》を　召し給ひて……

――明日香の真神の原に天皇の御殿を御定めになって、今は神として埋葬され、岩戸の中にお隠れになった　我が天武天皇がお治めになった北の国、美濃の立派な木が茂る不破山を和暫ケ原の仮宮に天降って、天下をお治めになり、ご統治なさるこの国をご平定になろうとして東国の兵士をお召しになって……――

と延々と続いて行きます。そして最後に、

城上《きのへ》の宮を　常宮《とこみや》と　高くしまつりて　神ながら　しづまりましぬ　しかれども　我

ご大王の　万代《よろづよ》と　思ほしめして　作らしし　香具山の宮　万代に　過ぎむと思へや
天《あめ》のごと　ふり放《さ》け見つつ　玉だすき　かけて偲はむ　かしこくありとも

――城上の宮を永遠のご殿として高々とお造りになって、神としてお鎮まりになってしまった。しかし、高市皇子が永遠にとお思いになってお造りになった香具山の宮は、万代まで滅びないだろう。大空のように振り仰ぎ見ながら　心にかけてお偲び申し上げよう。恐れ多いことであるが……――

このように『万葉集』は、大化の改新から律令政治成立までの大変革の激しい時代を歌で綴っています。

間違っても政治的な批判や発言はせず、『万葉集』が権力者に焼かれてしまうことのないよう、細心の注意を払いながら、歴史書と言っていいほどの、当時の大切な歴史的事実を、挽歌という形や、童謡などを借りて、さりげなく取り上げながら、当時のありのままの事実を、本当の姿を後世に伝えようとの涙ぐましいほどの努力に秘められていた情熱を、確かに今に伝えています。

日本の古代のありようが分からないのではなく、歴史的事実が意図的に消されていることが『万葉集』を読むことでも知ることができます。

例えば日本には八世紀のはじめに編集された『古事記』『日本書紀』よりはるかに古く、三世紀半ばから四世紀はじめに統治されていた景行天皇に献上された歴史書『ホツマツタヱ』（秀真伝《ほつまつたゑ》）があり、そこに書かれている文字も「ホツマツタヱ」と呼ぶ古代文字で、現在全て読めますが、歴史教育の場では無視されています。

また、出雲大社のある鳥取県境港の夜見ケ浜で、後期石器時代の女性の顎で二本の歯の残っている化石骨が発見され、直良信夫氏が「夜見ケ浜人」と名付けました。それは直良信夫氏が発見した日本最古の「明石原人」より古いものです。「明石原人」の骨は空襲で焼かれてしまいましたが、「夜見ケ浜人」は五十余年間行方不明でしたが、最近早稲田大学考古学研究室で見つかり、昨年あたりから研究がはじめられたと聞いています。

もちろん日本の古代史のみならず世界の古代史は次第に書き改められてゆくことでしょう。

古代史のみならずあらゆることについて間違いを正し、一人でも多くの人が、つつましく安らかに暮らして行ける住み良い世の中、争いが無く核も無く自然破壊も無いおだやかな世をこの地上に実現してゆくことを願いつつ、『万葉集』を読むことでも事実を事実として尊び、正しさを通す在り方を学ぶことができると気付き書いてみました。まだ、未熟で未完成ですが、この先は多くの優れた若者に委ねる思いで筆を擱きます。

解説　隠されていた『万葉集』の深層を解き明かす人
――中津攸子『万葉集成立の謎』について

鈴木比佐雄

1

『万葉集』という言葉は中学・高校生時代から馴染み深いものだ。『万葉集』についてその中に収録された短歌や長歌の何篇かは、記憶に残っていて、時にそのイメージは甦ってくる。日本の最古の歌集と言われる『万葉集』の名の由来や、それが誰によって何の目的で編集されれ万葉仮名という漢字を借りた言葉で残されたのか、など不可解なままに謎とされてきた。けれども、『万葉集』が編纂された頃の大和朝廷の支配が及ばなかった沖縄・福島以外の東北・北海道などが除かれるが、多くの古代の日本人が関わった『万葉集』という言葉の原郷を文化の基層を支えるものとして日本人たちは慈しんできた。その不可思議で謎に満ちた『万葉集』を解明することは、資料も限られていてかなり困難なことだと考えられてきた。

作家で古代史の研究を続けている中津攸子氏は、令和時代になりすでに評論集『令和時代に万葉集から学ぶ古代史』と小説『万葉の語る天平の動乱と仲麻呂の恋』などの『万葉集』の作品から深い洞察力で、日本の古代史に果たした人びとの生き方を解明した二冊を含めた十余冊の著作を刊行している。今回は長年の『万葉集』研究においての決定版とも言える『万葉集成立の謎』を刊行し、私たちの知りたかった謎について理詰めでありながらも大胆な仮説によって独自の「万葉集論」を私たちに提示している。

中津氏の『万葉集成立の謎』は、『万葉集』の編纂者であると言われてきた大伴旅人・家持の親子の観点から、『万葉集』二十巻の成立過程の謎に関して事実を踏まえながらも、想像力を駆使してその謎の闇に光を当てていく試みだ。大和朝廷の軍事を司っていた大伴家がなぜ『万葉集』の編纂を志し実現していくのか、その大伴旅人・家持たちの心にも分け入っていく。私たちを古代史と古代文字の深層へといざなってくれる。

本書は「はじめに」から始まり第十七章に分かれている。中津氏は『万葉集』の編纂者たちの隠された意図を「はじめに」で次のように思いやっている。

《『万葉集』の歌を全国のあらゆる人々から集めた大伴旅人、それを編纂した大伴家持は、志を同じにする人々と共に、日本の本当の姿を、事実ありのままを後世に伝えようと、全国から集めた歌を、書けば弾圧され焼かれてしまう可能性のある歴史的事実をさりげなく詠んだ歌を収録することで、後世に伝えようと、苦心の上にも苦心して万葉集を編纂していたのです。／ですから万葉集の読みようによっては、日本の古代をありのままに知ることができるのです。／しかもそのように読み取ることが、万葉集を編纂し残してくれた人々の真心に応えることになると私は思います。》

その意図は「日本の本当の姿を、事実ありのままを後世に伝える」ることであり、それを読み取れれば大伴旅人・家持の親子や彼らに賛同した人々の「真心に応えることになる」という確信を語っている。この言葉は中津氏が半世紀以上も『万葉集』を読み続けた結果、『万葉集』の編纂の中心的な大伴旅人・家持の観点に立ち見えてくることから言える見識に違いない。

2

各章の紹介をしていきたい。「第一章　『万葉集』編集の真の意図」では、「『万葉集』最古と最新の歌」の三五〇年間に関して、近年では、最古の歌は仁徳天皇の皇后磐姫の歌ではなく、大伴家持のいた時代から一三〇年前の舒明天皇の歌という説が有力であるとしていることに対して中津氏は次のように反論している。

《●日本語を守った古代の人々

漢字が伝来し、漢字の使用を権力者から強要された旅人や家持らは、日本語を守るた

め漢字の音を借りて日本語を表現しました。これが万葉仮名です。例えば、／
東《ひむがし》の野に炎《かぎろひ》の立つ見えてかへり見すれば月傾《かたぶき》ぬ　（巻一―四八）／
柿本人麻呂《かきのもとのひとまろ》の詠んだこの歌は次のように書かれています。／
東野炎立処見而反見為者月西渡／
読みにくいです。こんなことから間もなく、漢字の一部を取ってカタカナ（伊から「イ」）、漢字を崩してひらがな（以から「い」）を作り出し、さらに中国の山《さん》を日本語では「やま」と言いますから山を「やま」と読ませる訓《くん》読みを考え出し、日本語の表記を完成させました。こうして、やがて平安文学が花開いたのです。／（略）／日本の古代人は、生活様式から言語や文字まで唐風にと権力者に強要された時、従うと見せて漢字を使いながら日本語を捨てず、漢字の音を借りて日本語の語尾を表現することにし、ついに日本語の漢字による表記を完成させたのです。／これができたのは、日本の言語が漢字だけでは表現できないほど高度に発達していたからです。要するに日本は世界的に見て驚くべき文化先進国であったということです。》

中津氏は、五七調を基調とした古代日本語が存在していた文化先進国だったから、磐姫の歌が万葉仮名で記される前にすでに民衆が使用していた文字で記されていたのではないか、と言う。しかしあからさまに大和朝廷が禁じた古代文字を使用することを官吏たちは出来なかった。そのため大伴旅人や家持たちはそれらを収集しながら、漢字を使用した万葉仮名に変換し、民衆の暮らしや想いを『万葉集』に記録していた。

「第二章　『万葉集』から見える日本古代の姿」では、歌をテーマごとに分類し、なぜ福島以外の東北の歌がないのかについては、東北は大和朝廷の支配下の地でなかったからだと指摘する。しかし本当の「東北は古くから歌所だった」から、後に「歌枕」によって西行や芭蕉などを引き付けたのだと、大和朝廷以外の視点から古代日本の多様な民衆たちの実相に肉薄しようと試みる。つまり東北に大和朝廷の支配が及んでいなかったから、福島以外の東北五県の和歌を集めることができなかったと指摘している。

「第三章　万葉仮名とは何か」では、「万葉仮名は日本人の自負心が作り出したものでした」と中津氏は明言する。そして「既に高い文化を持っていたため、日本人の誰もが作っていた歌を中国の詩に模して翻訳すること、その翻訳を通して日本語を失うことを忌み、五七調の自国語の歌そのままを漢字を使って表現したのです。これが万葉仮名です」と古代の民衆が生み出した五七調の草の根の力を指摘している。さらに私たちは八世紀半ば以降に編纂された『万葉集』が日本で最も古い歌集だと言われてきたが、実際は先行歌集が次のように存在していたことを指摘している。

《●先行歌集

『万葉集』成立以前にあったと伝わる、ほぼ七世紀半ばから八世紀はじめに作られた六つの歌集があります。

古歌集《こかしゅう》（持統〔六八六～六九七〕、文武帝〔六九七～七〇二〕の宮廷に伝来した古歌）　七世紀末
柿本《かきのもとの》朝臣《あそみ》人麻呂《ひとまろの》歌集《かしゅう》　七世紀半ば以降
類聚《るいじゅう》歌林《かりん》（山上憶良の歌集）　八世紀初め
笠《かさの》朝臣《あそみ》金村《かなむらの》歌集《かしゅう》　八世紀初め
高橋《たかはしの》連《むらじ》虫麻呂《むしまろの》歌集《かしゅう》　八世紀初め
田辺《たなべの》福麻呂《さきまろの》歌集《かしゅう》　八世紀半ば》

中津氏は「『万葉集』に先行する六つの歌集も万葉仮名が考え出され万葉仮名で書かれていたのでしょうか」と問うている。その解答として「日本民族は文字を持っていなかったと教えられてきましたが、後述しますが、実は古代文字を持っていたことが分かっているのです。古代文字があった以上、古代文字で書かれていたと考えるのが普通です。日本民族の持っていた古代文字が日本正史では消されているのです」と中津氏は、万葉仮名の前に古代文字

によって『古歌集』や『柿本朝臣人麻呂歌集』などは記されていたのではないかと理詰めで推理していく。

3

「第四章　漢字の伝来と『万葉集』」では、「最古の歌は五世紀前半の磐姫皇后の歌ですから、五世紀、六世紀などの歌はどのようにして旅人や家持の手元に伝えられたのでしょうか。それに東国出身者の多い防人《さきもり》が万葉仮名を学び、マスターしていたとは到底思えません」と言い、古代文字の存在を浮かび上がらせている。

「第五章　日本原住民の持っていた古代文字」では、次のように古代文字の存在を紹介している。また具体的に古代文字の短歌は何に記されて大伴旅人・家持に届けられたのかも明らかにしている。

《●日本にあった古代文字

古代エジプトのヒエログリフ、メソポタミアの楔形文字、インドのブラーフミー文字、マヤのマヤ文字、中国の甲骨文字、スーダンのメロエ文字など世界には十数種の古代文字が確認されています。しかし日本にも古代文字があったにも関わらず世界の古代文字の中に入っていません。／漢字伝来以後は征服者によって日本民族の古代文字は否定され、使用が許されず、歴史から抹消されたのです。／日本の歴史が庶民史より大和朝廷史に傾いていたため、庶民の持っていた文字の調査など顧みられず、日本人が古代文字を持っていた事実を知っている人はごく僅かです。／日本には少なくとも日高見文字と呼ばれていた文字、また、ホツマツタヱと呼ばれた古代文字などがあったことが分かっています。／大和朝廷成立以前の長い年月の日本各地には古代人が自由に暮らしていました。その頃の全国をまとめて日高見（国）と言っていたと思われます。日高、日田、日高見（北上）など、北海道から九州各地にその地名が残されています。／ですから、全国各地に漢字伝来以前に何種類かの文字がありました。例えば、「日高見文字」です。その一例をあげますと、／

いろはにほへとちりぬるを

／（略）／

ですから、表意と表音の優れた日本の文字表記の原型がこの日高見文字に見られます。／意味を持つ象形文字の漢字と、音を表わす表音文字の両方を持った、世界に類のないどんな微妙な思いも高度な思考も表現可能な文字が既に使用されていたのです。／他に「ホツマツタヱ」は言語学的に整えられ、完成されている高度な文字です。／その文字を現在全て読むことができます。古事記、日本書紀より前に日本には古代文字で書かれている歴史書『ホツマツタヱ』(秀真伝)があったのです。/ホツは秀、マは真、ツタヱは伝。で『ホツマツタヱ』は「優れた真の歴史」という意味の歴史書で、そこに書かれている文字も「ホツマツタヱ」と呼んでいます。/「ホツマツタヱ」は『古事記』『日本書紀』成立以前の書物で現存しています。》

中津氏は世界史の観点でみても高度な文化を持っていた先進国であった古代日本にも「日本の文字表記の原型」である「日高見文字」や「完成されている高度な文字」である「ホツマツタヱ」の二例の「古代文字」を紹介している。また大伴旅人や家持のところにどのような形で「古代文字」で書かれた短歌などが集まったかも次のように記している。

《●日本固有の古代文字

漢字が伝わり、万葉仮名で日本語が表記できるようになっても、乞食のような食べて行くのがやっとの人や防人として招集され、都から遠い筑紫・壱岐・対馬など北九州まで連れて行かれたうら若い少年が、万葉仮名をマスターしていたとは到底考えられません。が、万葉集に幼さの残る防人の歌が掲載されています。/大伴家持の偽作説もありますが、数の多さから到底全ての偽作は無理です。三五〇年間もの長い期間の万葉の歌を、広すぎる地域からどのようにして集めたのでしょうか。／この謎は、日本語の表記にふさわしい文字を私たちの先祖が持っていたと分かれば氷解します。

●楤《たら》の葉に書いた文字

もちろん紙は貴重で誰もが使えませんでした。ですから古代から人々は、楤の葉に細い枝先で文字を書くと黒く浮き上がり、何年でも保存できることを知っていて楤の葉など固い木の葉に書いていたのです。／明治期に郵便制度を作った前島密は楤の葉に文字を書くことから葉書を思いついたそうです。／それはとにかく、古代の人々は木の葉を使って文字を書き、それが家持の許《もと》に集められたのです。しかし中央権力者から日本固有の文字は否定され、漢字を強要されていましたので、集められた古代文字で書かれている歌を読みにくい万葉仮名に直して表記し、万葉集を成立させていたのです。》

中津氏は「三五〇年間もの長い期間の万葉の歌を、広すぎる地域からどのようにして集めたのでしょうか」という問いに対して、「古代から人々は、楤の葉に細い枝先で文字を書くと黒く浮き上がり、何年でも保存できることを知っていて楤の葉など固い木の葉に書いていたのです」という解答をしている。「都から遠い筑紫・壱岐・対馬など北九州まで連れて行かれたうら若い少年」たちは、故郷の家族に望郷の想いを伝えたいと願いながら、「楤の葉」などの葉に記してその思いを消化していたのだろう。その時「古代文字」は地に根ざした生活語であり、「日高見文字」や「ホツマツタヱ」（秀真伝）であったかも知れないと言う考えは有力な仮説になりうるだろう。

《●ホツマツタヱの表記
ホツマツタヱは一字一音で母音要素と子音要素を組み合わせて作られた四十八文字があります。この文字はａｉｕｅｏの母音を並べ、ｋｓｔｎｈｍｙｒｗとの子音とを組み合わせたローマ字と全く同じ構造です。／

（ホツマ四十八音図）	（ローマ字表）	（五十音図）
（上図）	a i u e o	アイウエオ
（上図）	ka ki ku ke ko	カキクケコ／（略）／

しかし、ホツマツタヱはこの四十八文字だけでなく、数字や名詞に相当する文字など世界に類のない表意文字と表音文字を組み合わせて一九七文字あります。》

中津氏はこのように「ホツマツタヱ」（秀真伝）という古代文字の構造が私たちの現在の日本語の原型であることを明らかにしている。

その後の《第六章　『天皇記』『国記』と日本固有の文字「ホツマツタヱ」》では、大化の改新の時に失われた日本最古の書で聖徳太子たちが編纂した『天皇記』と『国記』は、その後に編纂された『古事記』や『日本書紀』の歴史の改ざんを隠すために、跡形もなく消し去ったのだと推測されると中津氏は考える。中津氏はもし『天皇記』『国記』が残っていたら日本固有の文字「ホツマツタヱ」との関係はどのようなものであったのだろうかと問うている。

4

「第七章　『万葉集』を編集した大伴旅人と家持の真意」では、なぜ大伴旅人・家持たちが『万葉集』というあらゆる階層の人びとの歌を編纂したか、当時の彼らの立場を踏まえて、彼らの真意に中津氏が思いを馳せている。

《『万葉集』の歌を集めた大伴旅人、そして万葉集を編纂した大伴家持を家長とする大伴家は、古代から天皇家の軍事を司る大豪族でした。五・六世紀には代々、大連《おおむらじ》の役に付くなど常に中央政府の中枢に君臨していました。／大和朝廷の全国制覇がほぼ終わり、武力がさして重要でなくなって来ますと、物部氏や曽我氏が台頭し、大伴氏は次第に隅に追いやられて行き、ついに家長の大伴旅人が大陸との接点の重要な地とはいえ、中央の政権から離れた大宰府に派遣されました。完全に左遷です。／しかも旅人の子、大伴家持も越中（富山）の地方長官の役に着かされるなど、中央で勢力を持っていたかつての勢いを完全に失っていました。／そこで大伴旅人、その子家持は大伴家の先祖の輝きはもちろん、わが国の本当の歴史を後世に伝えたいと考えたのではないでしょうか。／しかし事実をありのままに書いては『天皇記』や『国記』のように跡形もなく焼かれるなど消されてしまいます。／そこで決して焼かれてしまわないあり方を考えに考え、真の歴史を後世に伝えるには歌を集めることだと思いついたのではないでしょうか。／歌の語源は〝訴う〟で人の真心や心情を相手に伝えることとの説があります。歌には人の真実の思いが詠まれているものが多いのです。ですからより多くの歌を集めれば、今の、そして今までの世の姿をありのままに後世に伝えることができると旅人は考えたのだと思われます。／その志を継いだ家持も歌を集め、編集することに全力を注ぎ、さらに歌の表記を朝廷の否定する古代文字、ホツマツタヱでなく、朝廷の薦める漢字で表記したのです。／漢字の音で日本語を表わす万葉仮名を完全なまでに編み出し、表記して『万葉集』を編纂し完成させせました。／そうすることで後世に真の歴史を伝えるため、中央

政権の喜ぶ漢字を使って歌を書き残す涙ぐましい努力をしたのです。》

中津氏は、大伴旅人・家持に成り代わったように彼らの思いを伝えてくれている。「歌の語源は〝訴う〟で人の真心や心情を相手に伝えることとの説」を信じて体現した大伴旅人・家持の真意の見事さが日本の文化の原点になったことを褒めたたえている。と同時にそれ以降の「第八章『万葉集』編集に尽くした人々」、「第九章　高橋虫麻呂の詠んだ史実」、第十章　山上憶良の詠んだ庶民の暮らし」、「第十一章　柿本人麻呂の詠んだ史実」、「第十二章『万葉集』の最古の歌と書名」、「第十三章　防人の歌」、「第十四章　伝統文化を守った柿本人麻呂」、「第十五章　防人の歌の示す古代人の教養と文字」、「第十六章　奈良の大仏に塗った黄金」、「第十七章『万葉集』唯一の長歌」で、『万葉集』を構成する歌人たちの作品とその背景を詳しく論じていく。このような中津攸子氏の『万葉集成立の謎』を通じて、日本人の深層の世界に入り込み、古代人や古代文字に思いを馳せ現代に生かして欲しいと願っている。

中津攸子（なかつ　ゆうこ）

東京都台東区浅草に生まれる。東京学芸大学卒。元千葉商科大学評議員、元市川学園評議員。日本ペンクラブ、日本文藝家協会、俳人協会、全国歴史研究会各会員。市川市民文化奨励賞、中村星湖文学賞、市川市政功労賞。北上市文化振興感謝状、市川市文化スポーツ功労感謝状。市川市名誉市民。著書に『戦跡巡礼』『令和時代に万葉集から学ぶ古代史』『万葉の語る　天平の動乱と仲麻呂の恋』『仏教精神に学ぶ　み仏の慈悲の光に生かされて』『新説　源義経の真実』（以上、コールサック社）、『万葉の悲歌』『かぐや姫と古代史の謎』『小説　松尾芭蕉』『真間の手児奈』『みちのく燦々』（以上、新人物往来社）、『風の道』（角川書店）、『和泉式部秘話』（講談社出版サービスセンター）、『下総歴史人物伝』『こんにちは中国』（以上、崙書房）、『観音札所のあるまち·行徳·浦安』（中山書房）、『戦国武田の女たち』（山梨ふるさと文庫）、『東北は国のまほろば　日高見国の面影』（時事通信出版局）、『房総展望』（千葉日報社）、『武田勝頼の真実』（22世紀アート）他多数。

万葉集成立の謎

2025年3月3日初版発行
著者　中津攸子
編集　鈴木比佐雄　座馬寛彦
発行者　鈴木比佐雄
発行所　株式会社 コールサック社
〒173-0004　東京都板橋区板橋 2-63-4-209
電話 03-5944-3258　FAX 03-5944-3238
suzuki@coal-sack.com　http://www.coal-sack.com
郵便振替　00180-4-741802
印刷管理　（株）コールサック社　製作部

＊装丁　松本菜央　＊装画　鈴木靖将

落丁本・乱丁本はお取り替えいたします。
ISBN978-4-86435-640-4　C0095　¥1700E